迸灭的老人深处

谢文纬 著

人民东方出版传媒
People's Oriental Publishing & Media

东方出版社
The Oriental Press

图书在版编目（CIP）数据

走进老人心灵的深处 / 谢文纬 著 . —北京：东方出版社，2014.3
ISBN 978-7-5060-7300-4

Ⅰ.①走…　Ⅱ.①谢…　Ⅲ.①回忆录—作品集—中国—当代　Ⅳ.① I251

中国版本图书馆 CIP 数据核字（2014）第 034856 号

走进老人心灵的深处
（ZOUJIN LAOREN XINLING DE SHENCHU）

作　　者：谢文纬
责任编辑：姬　利　谢　玥　马　旭
出　　版：东方出版社
发　　行：人民东方出版传媒有限公司
地　　址：北京市东城区朝阳门内大街 166 号
邮　　编：100010
印　　刷：廊坊市印艺阁数字科技有限公司
版　　次：2014 年 4 月第 1 版
印　　次：2023 年 7 月第 2 次印刷
印　　数：4501—5000 册
开　　本：710 毫米 ×960 毫米　1/16
印　　张：13.75
字　　数：150 千字
书　　号：ISBN 978-7-5060-7300-4
定　　价：30.00 元
发行电话：（010）85924663　85924644　85924641

目　录

目 录

第十九章

正与岳母谈恋爱的岳父了解到她的冤屈后，依然和岳母结为伉俪。岳父要用他的智慧保护这个才女，使她继续发出金子般的光芒；他要用自己的善良分担她的冤枉，排解她的屈辱；他要用自己的一生呵护她，让她有个相对幸福的家。 *174*

第二十章

岳父岳母是世界上那种最善良、最富同情心的人，他们想不到许良英如今到了这样悲惨的境地。他们开始同情许良英了，并不因许良英曾经把岳母几乎置于死地而对这封信置之不理。这是岳父岳母对几乎处于生活绝境的许良英所做的一件以德报怨之事。 *182*

第一章

父亲没有读到我为他写的文章，没有读到我们为他出的书，这曾经是我的遗憾，但这遗憾在母亲那里得到挽回。我深深体会到母亲能亲自读到儿子为她写的文字是怎样的快乐！母亲能亲手抚摸这本留下她人生轨迹的书是何等的爱恋和痴迷！

我愈来愈关注老人，大概是由于自己已经迈入老年。自60岁后，我如果乘坐公交车，便常常有人起身为我让座；在我熟悉的人中，常有人以"老中医"来替代对我先前的各种称呼；倘若坐在医院的诊室里，有些前来求医的人便会叫我"谢老"。我一个与共和国同龄的人，真的算是老人了吗？

如果按照我国对老年人的年龄划分，我似乎真的该算是老人了。因为在中国，49～59岁被划为成年晚期，或称中老年人；60～79岁为老年期，称为老年人；80～89岁为高龄期，称高龄老人；90岁以上为长寿期，称长寿老人。然而按照世界卫生组织对人年龄的划分，我似乎还不算老人，应该是壮年人。因为在国际上，44岁以下被划为青年人；45～59岁为中年人；60～74岁为壮年人；75岁以上为老年人；90岁以上为高龄老人。

我想还是按国际标准把我当作壮年人更为合理。因为我的上辈还有三位八九十岁的老人，他们是我的母亲93岁、岳父89岁、岳母85岁。今日中国，上辈还有几位老人健在，或许对子女来说是一种幸运和荣耀，当然为了尽孝道，也必然多了几份责任，特别是在他们越来越年迈、身患重病以及精神上出现偏差、感到孤独的时候，需要我们经常陪伴在身边。

年过 60，我依然忙碌在医疗一线上，这或许是由于职业特点所决定的。中医需要依靠不断积累经验，才能获取事业上最后的成功。中医越老越珍贵，所以当中医大夫到了我这把年纪，似乎刚刚进入黄金时期，加之我在癌症的治疗上有所建树，常常有外地和国外的病人前来求诊，在临床上有时会应接不暇。尽管如此，忙里偷闲，每周我必定会带着夫人驱车几十公里，去看望我的母亲两次，看我的岳父岳母一两次。我们牵挂着比我们还要老的长辈们，关心着他们的身体，也关心着他们的精神、情绪和生活状况，因为我们感到和他们在一起的日子会越来越少，所以就愈发珍惜和他们在一起的时光。

我的父亲离世已有七年，享年 89 岁，也算作"仙逝"。在他走的第一个月里，我陷入了极度的悲痛，同时也勾起了对他无尽的回忆和怀念。父亲处事极为低调，甚至可以说一生是在"夹着尾巴做人"，他是一个典型的中国老知识分子，平淡得几乎没有光芒。然而他一生中曾经对社会和国家的贡献是鲜为人知的；他知识渊博，谈古论今几乎无所不晓，听他讲话是享受，我曾多次因聆听他分析国际大事而入迷。我不能轻易让他把这些回忆都带走，我必须把父亲人生中的精彩之处记录下来，于是在这一个月中，我写下了一篇长文《我的父亲谢曜》。后来我又发动全家、亲戚、朋友为父亲写了更多的悼文和回忆、纪念文章。一年后，我与夫人一起努力，终于为父亲出了一本书《永远的怀念——谢曜纪念文集》。

不久，我的那篇文章被转载在《作家文摘》上，全国便有更多的读者知晓了我的父亲，这使我的内心感到了某种宽慰。扫墓时，我将那本书放在父亲的碑前，我是多么希望父亲能亲自读一读啊！这本书后来交给了北京天寿陵园，被陈列在生命教育馆的玻璃柜中，连同他昔日用过的烟斗、烟灰缸和一本小小的英文字典。我和夫人又为父亲精心制作了一个视频，将父亲一生中的多个亮点展现在前来祭悼的人们和被组织来接受教育的中小学生面前。父亲的视频一年 365 天在天寿陵园不停地播放，他的大幅照片和介绍材料被悬挂在生命教育馆的墙壁上，这使我的内心感到了更多的宽慰。每年"十一"黄金周，正值父亲的祭日，我和夫人都带着女儿为父亲扫墓，我们每次会拍很多照片带回来给坐在轮椅上的母亲看，母亲便欣慰和幽默地说："没想到你爸爸走了以后，竟然在天寿陵园大出风头！"

天寿陵园陈列着纪念父亲谢曜的书和他的遗物

父亲离世后自己所做的一切虽能聊以自慰，但我依然感到遗憾和不足，因为父亲曾经是那样喜欢读书，他对文章的评论和分析不仅犀利透彻，而且总有独到见解，他对文字的鉴赏水平极高。我多么希望父亲能亲自读一读我描写他的文章，了解一下父亲在儿子心中的形象是怎样的，我又是多么渴望能再次聆听父亲对我的文章进行点评啊!

记得小时候,我的作文并不好,加上字写得七扭八歪,作文常常只能得 3 分,偶尔得一次 4 分,便会感到喜出望外。但我的数学常常能获得满分,于是自小父亲便从理工方面对我进行培养,在小学五年级的时候,父亲就让我参加了少年之家的无线电小组。父亲的一个老同学是邮电部的高级工程师,常来我家作客,我叫他顾伯伯。那时家里有一架解放前留下来的落地电唱机,一次可放 6 张唱片,父亲经常一连数小时乐此不疲地听古典音乐。遇到电唱机出毛病,他便会请顾伯伯来修,然后让我在一旁当助手,并叮嘱我细心观察顾伯伯的每一个动作,显然他是希望我从小能耳濡目染,将来成为一名出色的工程师。

然而"文化大革命"断了我的大学梦,也断了我要做无线电工程师的路,在"上山下乡"的运动中,我去了内蒙古,在与马为伍的七年生活中,我成为一名兽医,这使我和知识始终没有脱了干系。在恢复高考的第一年,也就是那个著名的 1977 年,我考上了北京中医学院,也就是后来的北京中医药大学。从此,我成为了一名职业医生。毕业后,我在京城一家三甲医院的中医科正式行医,虽然一出道就门庭若市,但我也就干了一年半,便被一股不可阻挡的"出国热"卷到了美国。

在美国,我做过医学研究,也在医学院讲习过中医,还当过一天的油漆匠。四年后,因为签证的原因,我又回到了中国。那个时候中国的改革刚刚起步,经济尚不发达,我从美国挣回的几万美元还足能养活自己几年,一时在国内找不到位置,我就心安理得地闲在家里,于是便有了思考的时间。想到自己十多年前从内蒙古"病退"回京,在家等待街道分配工作时,也是这般情景。这不仅使我想起在内蒙古"土插队"时许多养马骑马的故事,也联想到在美国"洋插队"时学车开车的经历,这样就有了写作的冲动。

写作是断断续续的，因为儿子突然被诊断为脑癌，接下来便是接受没有希望的治疗，最后儿子病故，我的精神近乎崩溃。直到一位美丽的女儿降临，才把我从坎坷、苦涩的生活中救出。在我的元气刚刚恢复，稍稍有了活力时，一位《中国中医药报》环球版的编辑主动找上门向我约稿，希望我能用漫笔的方式写一写美国的中医中药，于是我将自己在美国试图推广中医的经历写成了《一个中医在美国》的连载文章。只记得那时编辑不断打来催稿的电话，同时传达着读者极好的反响，我则像挤牙膏似的一篇一篇写着，报纸竟陆陆续续地登了一年。

儿子有了成绩，最先希望让父亲知道，自然我会把报纸带给父亲看。终于有一天，父亲把我叫到跟前，他是很少当面表扬人的，而这次有些破例。他说从我的文笔中看到了我的文学潜质，虽然还不成熟，但要朝这方面发展，因为这不是一般人能具备的。"你有，你要用，否则就可惜了！所以你不仅仅要行医，也该在文字工作上另辟一条路。你可以找找我的老朋友冯亦代先生。"

冯亦代先生要比父亲大几岁，因此我叫他冯伯伯，他曾是我家的常客，并且在我刚从内蒙古回到北京时就为我介绍过对象，只是因为我那时从农村回到大城市有些蒙，一时还没缓过神来，结果由于我的木讷使好事没有成功。我去找冯伯伯的时候，他刚刚和黄宗英完婚，住在北太平庄的一个寓所里。当时黄阿姨从西藏回来，因为高原反应而大病一场，冯伯伯正在为她寻找中医，所以我便义不容辞地成为了黄阿姨的家庭医生。当时我家住在马甸，离北太平庄只有两站路，因此每过几天，我就会登门给黄阿姨调一次药方，能够给名人看病，对当时只有 40 多岁的我来说或许是一种荣耀。

在我的调治下，黄阿姨的病终于有了好转，面色变得红润，身体开始恢复。有一天，我为她把好脉，开好药，便随手从我的书包中拿出一叠厚厚的稿子，其中有从《中国中医药报》剪裁下来的 30 篇《一个中医在美国》的连载文章及手写体的《马与汽车》和《坎涩》两篇长文。《马与汽车》写的是我在内蒙古"土插队"时养马的诸多故事以及在美国"洋插队"时开汽车的趣事。《坎涩》写的是自己本不愿公开的经历，我写了儿子发病、治病和故去的全过程，那是一段刻骨铭心的痛苦记忆，记得当我写得很投入时，巨大的哀痛常常压得我透不过气来。人多不愿回顾悲哀的往事，有几次我因心情坏到极点而想搁笔，但最终还是坚持将文章写完。说实话，有的章节，我是用眼泪伴着写的。

北京大学出版社1996年出版的《百味人生》

我把这些文稿留下来，本想让冯亦代先生看看、提提意见，我的初衷只是希望他能为我今后的写作给予指点。谁知当我再次登门拜访时，他与黄宗英阿姨去了北戴河，保姆送还了我的全部文稿和一个信封。打开一看，竟是冯亦代先生为我的文稿写的一篇序，显然他是把我的这些文稿看成一部即将交给出版社出版的书稿了。回到家中，我想了想，既然如此，就顺其自然吧！于是我非常郑重地将这部"书稿"连同冯亦代先生的序，投给了北京大学出版社。三个月后，我的第一本具有文学色彩的书竟不费周折地正式出版了。书名为《百味人生》。那一年是1996年。

然而我的专职毕竟是医生，自此以后，我的文字就再也没有涉及过文学，在十年中，只是陆续写了一本中医抗肿瘤和一本易经与东方营养学的书。直到父亲逝世，我才想起父亲生前对我语重心长说过的话，从此便记住了他的遗训，一面行医，一面开启自己的文学生涯。算起来，父亲离世已有7年，现在我平均每年出版一本书，读者如果想浏览这方面的信息，便可在当当网上敲击我的姓名，我近几年出版的六七本书便会跃入眼帘。其中有医书，也有文学类的书，有中文简体字版、中文繁体字版，也有英文版。我的耕耘和收获回应了父亲曾经的期望，内心自然又会多几分宽慰。

父亲离世后，剩下了孤单的母亲，又由于保姆的失职，使她过早地坐上了轮椅。母亲是营养界知名人士，网络上称她为"营养泰斗"。中央电视台《夕阳红》节目曾经播过她的系列营养讲座，杂志和报纸经常登载她的巨幅照片和大块的采访文章。然而自从她与轮椅结了缘，便再也上不了电视，不得不谢绝各种社会活动，面对昔日的辉煌，她感到了某种失落和彷徨，加上失去了陪伴一生的老伴，她更感到孤独。

为了使母亲快乐，我想过各种办法，例如我曾专门练习上海话，然后带着浓重的苏州口音和她聊天；夫人则买了各种蛋糕用料与器具，与母亲一起做各种糕点，而这曾是她年轻时最感兴趣的事。我们的努力虽然给母亲带来了一些快乐，但我们还是隐隐感到母亲的快乐带着三分勉强，她的内心深处依然还存有某种缺憾。

有一天，母亲坐着轮椅，我把她推到军区干休所的院子中，碰到了和她年纪相仿的一对老人，其中一位老人患有过去所说的"老年痴呆症"，而现在该病名因有歧视老人之嫌，所以卫生部已经明文规定将病名更改为"阿尔兹海默氏症"。我特地观察了一下那位老人，看到她的面部毫无表情，眼中露出呆滞的目光。因为在四十年前，我曾和这对老人有过交往，所以本能地将母亲推到这对老人的旁边，试图和他们交谈。开始的交谈因沟通困难显得有些尴尬，但随着话题的深入，交谈变得清晰起来。当我问及他们年轻时是怎样参加革命、又如何相爱时，他们竟渐入佳境，然后滔滔不绝，讲得有声有色，双目因兴奋而发亮，面部也露出了自然的笑容，显然他们很陶醉、很享受和我们的谈话，以至于我简直不能相信他们中的一位已患有阿尔兹海默氏症。

作为医生，一种职业的本能使我在与老人们的谈话中产生了顿悟，或者说是灵感。我感到治疗老人阿尔兹海默氏症最好的方法不该是药物，而应该是心理疏导。与老人进行面对面的对话，走进老人心灵的深处，挖掘他们的内心世界，激发他们的思维活动，或许是一种最好的心理治疗。如果他们想不起眼前的事，那么就让他们回忆久远的事情也无妨。如果他们有过辉煌，就让他们讲述光荣的历程，他们一定会乐此不疲的。如果他们只是平凡的百姓，一生中也定会有很多有趣之事，讲述出来也会给老年生活带来无穷的快乐。即使他们自觉一生很失败，也定会有可总结的经验教训传给子女，那也是十分有价值的。当然也有的老人在一生中受过打击，有过冤屈，在生活中会表现出沉默寡言、郁郁不乐甚至厌世，如果能进入他们的内心深处，帮助他们打开心结，或许快乐同样能进入他们的心中，并且伴随着他们度过余生。

在和老人的这次交谈后，我萌生了一个想法，如果做子女的能经常和父辈们交谈，帮助他们回忆一生中闪光的经历、精彩的故事，以及一生中的工作经验和生活感悟，并把这些有意义的事情整理成文字，配上他们不同年代的照片，无论是正式出版还是自行出书，对后人都将十分有意义。同时对于老人们来说，这不仅能消除他们的寂寞，同时可以使他们沉寂下来的思维，重新得到激发，至少这样有意义的工作可以推迟和预防阿尔兹海默氏症，甚至还能治疗这种顽疾。

基于这一点，我决定和母亲共同写一本有关她一生的传记。回忆是从她的出生开始，然后是她的家庭环境，她的亲人——太婆、祖父、父母和叔叔，最后是她的成长和一生坎坷与辉煌的经历。在我看来，写书出书或许只是目的和结果，而回忆、撰写和修改的过程，对老人来说尤为重要，母亲的每次回忆和口述，都把她带到极为愉悦的状态中，母亲总是不断地问我："还要我讲什么？"甚至告诉我，连做梦都能勾起她对过去美好的回忆。她的思维越来越敏捷，对事物的判断越来越清晰，以至她过去的领导和同事来看她，都异口同声地认为她的思维和心境较之前好了很多。

写书给母亲的晚年带来了巨大的快乐，书写了一两年，但却是母亲极愿意做的一件事情，因为写书的过程不仅给母亲带来回味无穷的遐想，并成为她精神上的享受。我有意识地放慢写作的节奏，是为了让快乐和幸福始终伴着母亲。早几年的母亲性格有些急，时常会发些小脾气，自从我和她一起写书后，她的脾气变得越来越好，心态也越来越好，脑子变得异常清楚，活得越来越超脱，她几乎不再向我讲述心中的不快，但却经常牵挂着别人，她见到我们总是笑眯眯的，露出一张慈祥的脸。回忆和写书能改变老人，改变他们的生活质量，改变他们的精神世界，改变他们的脾气和心态，在与母亲共同写传记的过程中，我深深感受到了这种神奇的力量。

功夫不负有心人，在新世界出版社的支持下，这本书终于在母亲92周岁生日前夕正式出版了，于是书成了最好的生日礼物。那一天，我们举行了一个盛大的生日宴会，请来了她的领导和同事，请来了她的朋友和学生，和我们全家欢聚一堂，大家人手一册《我的母亲李瑞芬》。我看到母亲穿着华贵的衣服，自始至终笑容可掬，慈祥的脸上一直流露着欣慰和满足的神情。我们将这次生日宴会精心制作了一张光盘，永久地记录了母亲的快乐。

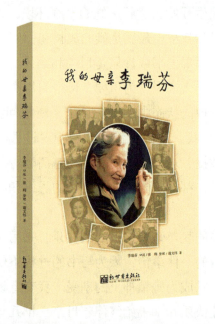

新世界出版社2012年出版的《我的母亲李瑞芬》

父亲没有读到我为他写的文章，没有读到我们为他出的书，这曾经是我的遗憾，但这遗憾在母亲那里得到挽回。我深深体会到母亲能亲自读到儿子为她写的文字是怎样的快乐！母亲能亲手抚摸这本留下她人生轨迹的书是何等的爱恋和痴迷！每当我把书中描述她的文字读给母亲听时，她脸上所洋溢出的愉悦是令人永生难忘的！由此，我愿向与我年纪相近的朋友们由衷地建议，如果退休闲下来，不妨帮助家中的老人回忆一生中的经历和往事，以及一生中的经验教训和生活感悟，并把这些有意义的事情整理成文字，配上他们不同年代的照片，无论是正式出版还是自行出书，都将是十分有价值的乐事。

第二章

按老百姓的话说，阿尔兹海默氏症就是"老年痴呆症"，分"文痴"和"武痴"。"文痴"表现为情感迟钝，对人淡漠，抑郁而自扰，患者如果能常得到家人的帮助、关心和陪伴即可稳定病情；而"武痴"表现为情绪焦虑，脾气暴躁，吵闹不休等，常会构成对家中最亲近人的身心伤害。

说到阿尔兹海默氏症，我会想起三十年前的事情。那时我已32岁，却在北京中医学院读大学三年级，每周有三节英语课，我的英语水平很一般。我的父亲解放前毕业于上海圣约翰大学，生前在外交部国际问题研究所任研究员，他是国内美国经济方面的专家，所以总能第一时间接触到国外资料，而这些资料在当时是普通人士无法接触的。美国的《时代》和《科学》杂志常常发表世界权威人士对科学最新发现的介绍文章，其中不少是与人类健康相关的医学文章。父亲为了提高我的英语水平，常常把登载着医学文章的美国杂志带回来给我看。他会把重要的医学文章先给我翻讲一遍，然后我拿着一本字典十分吃力地将全文直译在几页纸上，再用中文撰写成一两千字的文章，向《光明日报》或《健康报》投稿。

终于有一天，《光明日报》选中了我的一篇两千余字的大文章，要登在重要的版面。那时的编辑做事十分认真，因为是新作者，他们有些拿不准，便要面见我。去时，颇有些忐忑不安，生怕编辑部知道这篇文章是出自一位大学生而不会刊登。我在光明日报社传达室说明来意后，便小心地候着，一位老编辑走下来，看了看我，问："哪个单位的？"回答："北京中医学院。"

三十岁的模样，他绝对不会把我当作大学生，只是对我说："你们研究生能接触到医学最前沿的东西，一面学习，一面经常给我们写点东西。很好！你的文笔不错！以后欢迎你多投稿！"说完，一面和我握手，一面匆匆上楼去了，好像还有一大堆稿子在等着他处理。我没有纠正他把我当作"研究生"的误会，只是连声"嗯"着。然后骑上车，从西城驶向东城，心里面荡漾着快乐，因为感到这事有希望。

第二天，《光明日报》在显著版面刊登了我的文章，这是中国首次报道医学上的单克隆抗体技术。几个月后，这篇文章又被收录在《新华文摘》，因此我得到了双份稿费。这篇文章的发表应该是 1981 年，大概又过了 10 年，我在和乡镇企业合作开发保健品的时候，遇到了一位年轻的经理，他是医专学校毕业。有一天，他把自己读过的课本给我看，我的这篇文章是他们读过的课文。为此，我曾经激动了一阵子。

我学生时代另一篇大文章便是有关阿尔兹海默氏症。记得有一天，父亲回到家，从公文包中掏出一本美国《时代》杂志，向我介绍了一篇详述阿尔兹海默氏症的文章。由于父亲在 25 年后，也就是生命的最后两年也患上了典型的阿尔兹海默氏症，所以我还特别记得父亲当时向我讲述这种病的原话。他向我讲述看了文章后的体会："假如一个上了岁数的人，还能从身上找到钥匙，但突然不知道如何开门了，那么他一定是患上了阿尔兹海默氏症。"

我沿用过去的老方法，将阿尔兹海默氏症写成约两千字的文章，投给了《健康报》。同样被一位老编辑召见，但这次却能走进编辑室，面对面地坐在编辑面前，恭恭敬敬地回答了他的几个小问题。同样被当作研究生，我同样没有作声，那文章也同样被刊登。

因为这个缘故，我对阿尔兹海默氏症的印象很深。以至于当父亲晚年出现阿尔兹海默氏症的一些症状时，我便第一时间想到了这种病。他当时出现的主要症状为：一两天前发生的事情会迅速忘掉，字写得越来越小，并有些歪七扭八，再后来就不大会写字了。疑心会加重，开始在分析他所熟悉的国际时事时，不再采取客观的立场，而是加上许多主观的猜想，再以后他会把疑心对准家人。他开始藏匿东西，将钱财和存折夹藏在不同的书中，然后就忘记，以至常常找不见。他说话越来越慢，最后就变得稀里糊涂了。

阿尔兹海默氏症在国内的病名曾叫"老年痴呆症"，因有歧视老人之嫌，2012 年由卫生部正式纠正，其实"痴呆"更能使人们理解和明白这种病。由于阿尔兹海默氏症已成为老年人的常见病，在 85 岁的老人中发病率高达 30% 以上，未被确诊的隐匿病人远比确诊者多，因此有必要向公众普及阿尔兹海默氏症的知识，我特从网上摘录了如下资料：

阿尔兹海默氏症是一种进行性发展的致死性神经退行性疾病，临床表现为认知和记忆功能不断恶化，日常生活能力进行性减退，并有各种神经精神症状和行为障碍。阿尔兹海默氏症是渐进性的，衰退性的。当人们被诊断出患有该病时，通常还能活 5~10 年，但也有些患者病程可持续 15 年或以上。阿尔兹海默氏症大致可分为三个阶段。有的拖延数年变化不明显，有的几个月便到达晚期。

早期症状：健忘（尤其新近发生的事）、缺乏创造力、进取心，丧失对原有事物的兴趣与工作冲劲。

中期症状：对于人、事、地、物无定向感，注意力转移，一般性理解能力减低。此外，会重复相同的语言、行为及思想，情绪不稳，缺乏原有之道德与伦理的标准，常有迫害妄想的人格异常等现象，但无病识感。偶尔会出现"黄昏症候群"。

晚期症状：语无伦次、不可理喻、丧失所有智力功能、智能明显退化。而且逐渐不言不语、表情冷漠、肌肉僵硬、憔悴不堪，以及出现大小便失禁、容易感染等。

按老百姓的话说，阿尔兹海默氏症就是"老年痴呆症"，分"文痴"和"武痴"。"文痴"表现为情感迟钝，对人淡漠，抑郁而自扰，患者如果能常得到家人的帮助、关心和陪伴即可稳定病情；而"武痴"表现为情绪焦虑，脾气暴躁，吵闹不休等，常会构成对家中最亲近人的身心伤害。我在本书用了这样多的文字描述阿尔兹海默氏症，并不是要写一本关于阿尔兹海默氏症的专著，而是在于我的岳母一年前被医院诊断为阿尔兹海默氏症，而且倾向于"武痴"。

岳父岳母原本和我们住得很近，我们在亦庄各自买了房，这使我和夫人能够经常去看望他们。曾经有一段时间，夫人为就近上班住在城里，岳父偶尔出外开会，剩下岳母一个人在家。我从医院下班回来，吃过晚饭，便会牵着我那条斑点狗"点点"，一直遛到岳母家，与一天没有说话的岳母聊上几十分钟，那时她的思维清晰，情绪饱满，心情愉快，说起话来和颜悦色，是看不出有半点阿尔兹海默氏症的。

岳父岳母最早住在方庄，他们搬到亦庄已有七八年。人在一个地方住久了，因生活的平淡或许会感到精神上的孤寂，于是他们又想方庄的老同事、老朋友了，加上城里看病较为方便，生活更热闹些，便下决心又搬回了方庄。那时依然看不出岳母有阿尔兹海默氏症，只是觉得她不肯扔掉旧家具、旧东西，整日不停地把这些"家当"打成大大小小的包包，然后一件不落地全部搬到方庄，于是方庄的小四居便被挤得满满的。

我们和岳父岳母住得远了，自然看望他们的时间就少了。我们打电话过去，岳父有时会说，岳母的忘性越来越大了。上午做过的事情，下午就会忘记；午睡常常要几个小时，醒来后还以为是早晨；吃过饭半小时，又会到厨房去做饭，而一做饭就会把锅烧干。出门，常常不知道自己在什么地方；如果一个人出去，肯定会迷路，必定找不到家。以前的事虽然还能记得清楚，但有时会把完全不关联的事串在一起；午觉睡多了，晚上就睡不实，经常会把梦中的事当作真实的事。

显然这些都是阿尔兹海默氏症的症状，我们建议到医院检查，结果很快就被诊断为阿尔兹海默氏症，虽然尚处在早期，但发展下去是不容乐观的。继之，我们看到的岳母和以前大不一样了，她几乎不再有笑容，表情永远是严肃和淡漠的；她变得沉默寡言，从不主动讲话；倘若试图和她讲话，她会对各种事情发泄不满，或者把许多记错的事情，当作真事来抨击，任凭你如何纠正，她都会坚持到底。

再后来，岳母变得焦躁和易怒，于是常常无故发脾气，这使得与岳母形影不离的岳父首先被波及。然而岳母发过脾气后很快会忘掉，有时我们赶过去，只是看到岳父涨红了脸，久久不能平息。我们的劝阻几乎无济于事。

这时候，我的夫人身患重病，住院——手术——住院——输液，一时间顾及不到两位老人。但除了照顾夫人和老母，我也很担心岳父岳母，对于身患阿尔兹海默氏症的岳母，作为女婿，作为医生，我应该怎样帮助她呢？用中医？还是用心理治疗？而我的岳父有高血压、糖尿病，因患冠心病，他心脏的三根冠状动脉都装有支架，特别是他还有严重的前列腺增生，几年前做过电切手术，而这些病都是最怕精神刺激的。终于有一天，我们接到岳父的电话，告知他突然尿血。一种职业的警觉，使我感到自己身上的担子和责任一下子变得很沉重了。

第三章

如果按我的方案行事，我知道自己将承担更多的责任，但此时已顾不得太多了，因为我做医生的原则是：一切以病人最好的治疗结果考虑，一切以岳父最大的利益考虑。

那天晚上我们奔过去，发现岳父的尿完全被鲜血染红。我们马上把他送进一家大医院的急诊室止血，第二天，又住进了泌尿外科大病房，首先要检查出血的原因。医生说，因为是鲜血，所以要考虑下尿道的疾病，这不外乎是膀胱或前列腺的病变，而最直接和可靠的检查便是膀胱镜。

依据我的临床经验判断，岳父有十几年前列腺增生的病史，他在四五年前做过电切手术却未能将增生全部切净，前列腺残端的增生还在继续发展。我最怕岳父的前列腺会出现问题，因为出血往往是细胞恶变最危险的第一信号。膀胱镜的检查被安排在第三天，当岳父从外科手术室被推出来时，我看到他的面色变得憔悴而苍白，显然连日来的尿出血和充满疑虑的检查折磨着他。

我急忙找主任，想知道检查结果。主任非常热情地把我和夫人让进了办公室，他为我们放了一段视频，那视频便是刚才做膀胱镜的全过程。主任显然是想让我们认识到他科里所拥有的检查设备是世界一流的，但遗憾的是我们什么也没看清，因为岳父的膀胱中充满了血块，所以本次膀胱镜检查失败。于是岳父又被送回到大病房，在他的尿道口上连接一个巨大的引流袋，一天24小时用盐水冲，医生希望将血块全部冲净后，再做第二次膀胱镜，而这需要等待整整一周的时间。

我当时心急如焚，因为CT显示在前列腺处有一个巨大的肿物，大部分突入到膀胱，我很怕那肿物是恶性的，感到应尽快用上抗肿瘤的中药。可是住在人家的医院，不能像在自己的医院那样随时能为岳父开中药喝，只得耐心地等待再次的检查。当前的治疗只是在不断用盐水冲洗肿块，仅仅是希望将血块冲净后，可以进行膀胱镜检查，但我却在担心，那肿物会不会被刺激得越来越大，甚至破裂、转移。

在春节放假前的最后一天，岳父终于做了第二次膀胱镜，这时已经没有了血块，医生看到一个巨大的肿块。因为临近放假，安全第一，医生没有轻易采取穿刺活检，允许我们先出院回家过节，说先让病人过个好年，或许这是个明智的决定，然而医生又叮嘱，春节后再做第三次膀胱镜，准备取活检确定性质，甚至有可能当场进行电切。听之，我们感到忧心忡忡，因为对于88岁的岳父来说，这有着极大的风险。

回到家中，我立刻给岳父服用有止血和抗肿瘤功能的中药，岳父服后没有再尿血，并且感到很舒服。因为药中有调理全身和补气血的成分，岳父的元气开始渐渐恢复，面部稍稍有了血色；但是他的身体中毕竟存有一个巨大的肿瘤，而且很可能是恶性的，也就是说在他的身体内埋着一颗定时炸弹，随时都会发生"爆炸"。

春节期间，我的内弟一家专程从上海来到北京，我们聚在一起，商谈如何为岳父进行治疗，因为我是医生，又用中医给身边的两个亲人治过癌，而且效果很好，所以一家人很信任我，非常尊重我的意见。然而面对岳父体内巨大的肿瘤，我感到单纯用中药将其消掉难度很大，必须配合其他疗法，我向他们介绍了超声刀治疗。

超声刀是一种无创治疗肿瘤的新技术，采用低能量超声波聚焦于体内靶区，在肿瘤内产生瞬态高温（60℃以上），能量得到数千倍放大，所产生的高温效应、空化效应、机械效应和超声生化等效应，使肿瘤组织凝固、坏死，瞬态失去增殖、浸润和转移的能力，并最终被机体吸收。这个过程是不可逆的，可达到"消融"的目的，也就是通常意义上的"切除"，所以超声刀是无形的刀、无创的刀。超声刀如今已不算什么新玩意，超声刀英文称HIFU（High Intensity Focused Ultrasound），所以又称海扶刀，国内外的大医院都具有这种设备。

我和超声刀的结缘已有很多年了。按理说，我是一个中医，在治疗癌症时，我甚至是一个纯中医。虽然曾治好过为数不多的癌症病人，但对大部分的癌症病人来说，只是拖延了他们的生存期。为了提高疗效，我也采用西医中效果显著且副作用小的抗癌治疗。20世纪90年代，我出过一本《中医成功治疗肿瘤一百例》，这本书在内地出了四版，在香港出了两版，并且还有英文版上市。或许是因为这本书，加上我的留学背景，便有西医的抗肿瘤专家愿与我合作。

使我最感兴趣的有两位，一位是射融疗法专家，一位是超声刀专家。他们都是国内这个领域的领头人，他们的治疗可使局部的肿瘤在影像学上出现暂时的消失，但他们不能保证癌症不会再次复发，于是他们希望用我的中医无毒抗癌法进行整体和长期的抗癌治疗，一方面将残余的癌细胞消灭光，另一方面预防癌症的复发。射融治疗只能针对单个的肿瘤，首先要向肿瘤刺一根针，而那根针价值一万元，如果是多个肿瘤，就需要刺多根针，其费用是可想而知的。

我的选择最终投向了超声刀，一般的超声聚能刀治疗是在电脑定位肿瘤后，进行 1 次治疗，治疗反应相当大，因为身体要应对体内突然出现的巨大坏死组织，吸收热会使病人高热三天，而这种传统的治疗方法操作难度大，治疗范围有限，稍不注意就会出现医疗事故。而与我合作的超声专家，却独创了与众不同的方法，他将 1 次性的治疗化为 7 次治疗，将一块巨大的肿瘤分段来进行"消融切割"，在 B 超的引导下，使癌病灶逐渐销毁。治疗费用也相对经济。

在认真评估治疗效果和病人所承担的费用后，我最终选择后者与自己中医无毒大剂量抗癌法相结合，为了证实超声刀的疗效和安全，我甚至亲身去体验。我患有前列腺增生，便决定用超声刀试试效果。超声的探头对准了肛门，医生在电脑上为病灶定位，制定特定的频率和加热的温度，几百万元的设备便开始工作，加热是按既定程序间歇式进行，我能感到前列腺部位相应地出现热感，仅此而已，30 分钟后治疗结束，我走下台子，感到两腿发麻，过了一会儿，便活动如常，那仅仅是一个姿势久坐所致。我自己开车一小时到医院，然后又驱车回家，显然这种治疗不仅有效，而且几乎没有痛苦。

于是，我的中医无毒抗癌大剂量疗法与超声刀治疗相结合，再辅以食疗、癌基因的多肽封闭疗法、免疫治疗、气功、心理治疗，便形成了无毒抗癌治疗的新模式。经过几年的实践，取得了很好的效果，明显优于目前正规医院实施的有毒抗癌治疗模式，即手术＋化疗、放疗。后来，我的书《有毒抗癌与无毒抗癌——我的医学思考》2011 年先后在内地和香港出版，2012 年就有 6 个美国人到北京接受了这样的治疗，虽然大部分病人已到癌症的晚期，但他们都获得了不同程度的效果。其中有一位病人是美国著名的心脏病医生尼克。

我和77岁的美国医生尼克

尼克不仅是医生，也是摄影家和作家。我和他后来成为很好的朋友，他回国后寄给我一本正式出版的影集和一本有关他自己的书。影集中收集了他到世界各地拍摄的照片，他拍的照片非常独特，看似简单的画面，却可以使你产生无限的遐想。尼克的书则记录了他战胜癌症的故事，他曾患晚期黑色素瘤，癌症一度侵犯他的肺和脑，他是一个聪明绝顶的犹太人，同时又是一个医生，他没有接受常规的化疗，因为他深知化疗的效果和这种病的最后结局。他反常规地接受了包括中医、食疗等在内的自然疗法，结果出人意料地发生了奇迹，他的癌症后来出现了全面消退。那已经是 20 年前的事情，而现在他患的是前列腺癌。

尼克不愿意在美国进行手术、放疗、化疗，甚至内分泌治疗；他两次到北京接受中医+超声刀治疗，效果竟奇好，他 5 厘米大小的前列腺癌被完全消掉。临回国时，尼克请我全家吃饭，他告诉我，他动身来中国时，美国的一个大牌的肿瘤权威说，他不相信尼克的前列腺癌可用超声刀完全消掉。然而他做到了，因此尼克还要写一本书，述说自己在中国治癌的经历。

我将这个成功的病例讲给岳父听，也讲给全家听。岳父时年已经88岁了，无论是常规的手术还是电切都是危险的。因为尽管手术成功，也会有很多意想不到的合并症，这对老人来说，同样是危险的。于是我又向他们讲述另一个病例。

我的三舅是建筑界著名的钢结构专家。新中国成立初期，他放弃国外优越的工作环境和物质待遇，历尽千辛万苦，绕道瑞士、法国、德国、英国、印度等十余个国家，历时四个月回到祖国，参加新中国的建设事业。他一生为国家的大型建筑做过很多贡献，其中最引以为豪的是人民大会堂。这个建筑中技术含量最高的60米跨度的屋顶盖钢结构是我三舅设计的，在庆功宴会上，周总理曾亲自为他敬了一杯酒。

不幸的是，三舅84岁患了胃癌，胃镜显示病灶有可能已经穿过胃壁，活检病理报告为胃低分化腺癌，癌的恶性度较高。根据我的经验，这种情况西医在手术后是一定要做化疗的，对于年迈的舅舅，我认为他很难承受。我的三舅和三舅妈都是受西方教育影响很深的老知识分子，虽然我的三舅对中国传统文化很青睐，他能写一手极好的毛笔字，每天清晨都打太极拳，也经常用中药调补身体，可是在癌症这样凶恶的疾病面前，他则完全投向了西医的怀抱。

三舅是那种最听话的病人，他完全服从西医的治疗安排，听凭西医进行手术和化疗，尽管后来他在手术后向我一再表示不愿做化疗。他曾谈到一个患脑癌的亲戚服中药一直活到现在，但三舅毕竟还是西医虔诚的病人，他中规中矩地住进医院，等候着西医的手术。

　　然而他是我的亲舅舅，我的另外几个舅舅都在国外，只有他和我母亲留守在国内，虽然退休了很多年，但依然为国家发挥着余热。尽管三舅和三舅妈在这样重大的疾病面前没有询问过我的意见，甚至也没有征求我母亲的意见，可我恰恰是精通治疗癌症的行家，作为医生，作为亲戚，我觉得自己有义务向他们告知选择手术和化疗的后果和预后。

　　在三舅手术的前几天，我拨通了三舅妈的电话，我向她分析了舅舅的病情，我的理由很简单，因为癌细胞是低分化高恶性度的，所以西医是一定要做化疗的，84岁的舅舅又能承受几次化疗呢？我建议用中医进行保守治疗，那么最好手术也不做，因为在中医看来，癌的病灶就如同马蜂窝，不要随便捅它。可是三舅妈通过关系，好不容易找到外科主任亲自操刀，怎么能放弃呢？在她看来，手术是绝对不能不做的，并且认为我的忠告是对三舅治疗的干扰。

　　手术如期进行，而且很"彻底"。第二天，我听见三舅妈给母亲打来电话，诉说手术进行如何"成功"，对操刀的主任佩服得五体投地。然而我的三舅妈不知道医学上的事情不是这样简单，她不知道癌症病人的手术与其他疾病的手术完全不同。一般疾病，手术成功或许意味着治疗的结束；而对癌症病人来说，手术即便成功，也仅仅意味着治疗刚刚开始，何况对84岁的三舅来说，做这样大的手术本身就有风险，因为手术会带来很多意想不到的并发症。

　　手术十天后，病人一般可以通过鼻饲管进流食，可是三舅灌进去的营养液都返了上来。专家会诊证实三舅患了严重的胃瘫并发症。胃瘫多发生于老人胃癌手术后，由于手术切除部位和创伤过大，损伤了迷走神经，使胃大弯胃体中部的起搏点功能部分或全部丧失，结果胃不能产生有效的基础电节律和收缩波，影响了胃肠道的运动功能，使胃不能蠕动。简单地说，就是胃不"工作"了，胃"罢工"了，胃"瘫痪"了。

三舅妈本以为这种胃"瘫痪"是暂时的，最迟一两个月胃功能就会恢复，可是她哪里知道这病在三舅身上是不可逆的，虽然又做了一次手术，但术后通过鼻饲管灌进的流食依然返上来，所以三舅每日只能靠一千多元的静脉高营养液维持生命。那日子是痛苦的，不要说癌症，光是胃瘫就宣告了三舅永远也离不开医院了。这时西医的医生认为治疗癌症已无意义，所以没有用化疗，也没有用其他疗法控制癌症，尽管手术切除得那样"彻底"，但再彻底也无法切掉所有的癌细胞，因为癌细胞是浸润生长的，早已穿过胃壁的低分化癌，不会因为三舅营养相对不足，停止生长和繁殖，癌最终转移到肺并引发了胸水，在抽取的胸水中，医生发现了癌细胞。

三舅的生命是顽强的，他年轻的时候曾获得过游泳和乒乓球冠军，因此他身体的底子很好，而且求生欲望也很强，他一直认为，有一天能离开医院回到家中，他对现代医学一直抱着希望。在生命的最后时刻，他被送进了 ICU 重症监护病房，此时他终于领悟到自己的生命快要走到尽头。我们去看他时，他已说不出话，三舅用无力的手，在一张纸上写下了几个字："时间已不多了"，这便是他与我们的最后告别。

三舅在医院度过了 8 个月，留下了 80 多万元的账单，而这 8 个月，他的生活质量是极差的，同时也是十分熬人的，不仅熬干了他的全部精力，而且也熬垮了他的家人，最后的结果依然是人财两空，这是完全相信西医所致的悲剧！如果当初他能听我的劝告，并且能接受中医治疗，凭三舅的体质，至少能多活几年，而且是生存质量很高的几年。记得三舅手术后的一周，我去看他时，曾拿了一本香港出版的《中医成功治疗肿瘤一百例》送给三舅，我希望术后能用中医中药帮助三舅恢复体能和抗击癌症。

谁知我的好心，却惹怒了三舅妈，她认为我用中医干扰了他们正规的西医治疗，并将三舅不能进食归罪于我的那本书。后来她在正式出版回忆三舅的书中，毫不掩饰地说，她当天就把我的那本受到许多癌症病人好评的《中医成功治疗肿瘤一百例》扔进了垃圾箱。我不知道这是不是代表了西医对中医的仇恨，但至少是代表了她对中医的蔑视。

其实即便是患了严重的胃瘫，中医还是有办法的，例如可配些中药放在肚脐上，用艾条灸1~2小时，连续一周，或许可使胃功能能重新被激活。然而三舅妈把事情做得如此决绝，对中医如此不屑一顾，我又如何插手呢？只能眼看着三舅一步一步向死亡走去，然而那是极为痛苦的人生末路，是令人悲悯的煎熬。虽然三舅妈后来对治疗有过反思，甚至有过懊悔，但医学治疗的选择，有时和人生之路的选择一样，是无法重来的。

当我将一个成功的病例和一个失败的病例讲给岳父和全家听后，他们都赞同了我提出的治疗方案，但我的岳母依然认为岳父应该尽快去做手术，所以我必须要想办法说服她。如果按我的方案行事，我知道自己将承担更多的责任，但此时已顾不得太多了，因为我做医生的原则是：一切以病人最好的治疗结果考虑，一切以岳父最大的利益考虑。那么我最后是如何说服岳母的呢？

第四章

岳父身患绝症，我一定要用我的智慧，用我长期积淀的医学经验，拼尽全力救治他！救治这样一位善良和正直的长辈！

我和岳母的谈话是这样开始的。因为最初岳母并不知道岳父有可能身患癌症，或许是阿尔兹海默氏症在作祟，几个月来，岳母一直继续与岳父争吵，虽然岳父脾气出奇的好，但却也躲不开许多无意义的争吵，心理上的纠结会变成精神上的折磨，日积月累便酿成癌症。所以我首先要让岳母知道岳父的病有多么严重，最好能使她为之一震，从此有所收敛，而不再向岳父发脾气。

"妈！泌尿外科的主任已经和我谈过话了，爸爸的病，我也不想瞒您了，他十有八九患的是癌症。"

我开门见山，一开始就直奔主题，我想许多人都谈癌色变，一定会使岳母感到震惊。我注视着她的眼神，以为能吓着她。谁知岳母丝毫不为所动，她只是慢慢抬起头，非常淡定地说：

"癌症有什么可怕？我就得过子宫癌，很简单，当时把我的子宫、卵巢、附件都切了，我就好了，一直活到现在。"

听完岳母的回答，我有些愕然。岳母做手术的事我是知道的。于是思绪回到了三十年前，那时我和夫人正在谈恋爱。有一天，我得知女朋友的妈妈住在人民医院做手术，提出是不是去医院看她妈妈，女朋友说不用了，我便愚蠢到真的没有去。但回来一想，似乎不大对头，就去问我的母亲。母亲用指头狠狠地在我的脑门上戳了一下，说："傻瓜！怎么能不去？人家在考验你呢！她妈妈将来是你的丈母娘！"

于是第二天，我买了一斤小泥肠和几斤水果，赶紧向女朋友赔不是，立刻随她一起去医院看了我现在的岳母。那时我在北京中医学院上大二，所以颇有些医学知识，知道她妈妈患的是癌前病变，可那时候的医学观点，凡是遇到子宫的癌前病变，会把子宫、卵巢、输卵管一起切掉，以防后患。

医学上认为，癌前病变其实是恶性肿瘤发生前的一个特殊阶段，但并非所有癌前病变都会转成恶性肿瘤。常见的癌前病变有黏膜白斑、慢性子宫颈炎、纤维囊性乳腺病、结肠多发性息肉病、慢性胃溃疡和萎缩性胃炎、子宫内膜和支气管黏膜等处上皮非典型增生等。其中以宫颈的癌前病变最引人关注，因为宫颈癌的发展是个漫长的过程，一般认为这个演变过程经过几个阶段：增生——不典型增生——原位癌——早期浸润癌——浸润癌。而宫颈鳞状上皮的重度不典型增生，被认为是妇科中最危险的癌前病变，如果不治疗，10年后大约1/3的患者要发展为鳞状细胞癌。现在西医还是没有什么特别办法，依旧会建议把子宫切掉。岳母估计那时就是患的这种病，只是那时的医学观念，要把株连的女性相关器官都彻底切除。

目前我对癌前病变的治疗则采取服用3~6个月无毒的中药抗癌剂，一般可将癌前病变或早期癌扼杀在萌芽中。其中治疗较多的是胃肠消化道的癌前病变，例如结肠多发性息肉病、慢性胃溃疡伴胃细胞的肠化生、萎缩性胃炎等，自然也有宫颈的癌前病变，这些疾病其实最适合用中医来治疗，我想对女性来讲，服几个月的苦汤药，以换取保留自己的子宫还是划得来的。在我的著书《有毒抗癌与无毒抗癌——我的医学思考》中，曾经记载了一个病例：

一位名牌大学的女老师，只有三十多岁，却患上了子宫癌，虽属早期，但西医的治疗是全切子宫，然而她不愿意在这个年龄就失去自己的女性器官，同时她把患癌症看作是自己的隐私，她不愿意将自己患癌的事实告诉她的同事和亲友，因为人们恐癌的心理会对她另眼看待。

这位大学老师是个勇敢者，因为她不惧怕癌症，甚至考虑的只是如果住院做手术，会影响她参加 MBA 考试。她想起了中医，并且相信中医，因为她自己曾患甲亢，服用中药一年，结果彻底治好了此病。她开始寻找中医治疗癌症的医生，作为大学老师，最便利的方法是通过网络进行寻找。那时我的一位兵团战友是悠悠网站的老总，他帮我开辟了东方抗癌网站，结果那位大学老师便找到了我，并且接受我的中医无毒抗癌治疗。

我钦佩她的魄力，因为西医治疗早期子宫癌的成功率几乎是百分之百，唯一的遗憾是要永久失去子宫。如果做手术，她本可以公费报销，而用中药治疗，则还要自掏腰包，但她却毅然选择了后者。在我的患者中，许多病人没有选择用中药抗癌的原因往往是因为自费，于是不得不勉强接受公费的化疗，然而当他们在临终的时候常常会后悔莫及。

大学女老师计划服用一年的中药，结果她只服用了 5 个月，再次做子宫病理活检时，显示不仅原位癌消失了，而且癌前病变不典型增生也不复存在。后来她又服用了几个月的中药，以后便是间歇服药，因为每次复查都是阴性，所以变得不以为然，几乎是有了空闲时间才过来调治一段，忙起来便几个月不见踪影。她现在早已过了肿瘤病人的 5 年临界线，她每月都有正常的月经，她从来没有耽误过工作和学习，她一直过着正常人的生活，但她周围的亲朋好友至今都不知道她曾患过癌症。

无独有偶，我的一位兵团战友 2012 年被诊断为"宫颈鳞状上皮的重度不典型增生"，这属于癌前病变，西医坚决要摘掉子宫，她向我来求诊，我便让她喝了三个月的中药苦水，再去检查时发现重度不典型增生的细胞已经逆转为正常的细胞。西医的医生感到惊讶，问接受过何种治疗？回答是服用了三个月的中药。西医只是摇头，表示完全不信。兵团战友便拿出我的那本书，将上面的病例读给她听。那位医生终于半信半疑了，然后把我战友的病例做了认真的记录，说是要将这个病例报告给她们团队的领头人。然而治好这类癌前病变和早期癌的病人对我来说是习以为常的，因为我在临床上，面对更多的是晚期癌症病人。

然而现在岳父的肿瘤则是对我的巨大挑战，他之所以患病是长期精神压力和心理纠结所致。我的工作繁忙，母亲需要一周两次看望，加上夫人身患重病，使我们对岳父岳母的顾及越来越少了，特别是自他们从亦庄搬到方庄后，对他们的看望也变得愈发少了。岳父岳母独自住在方庄的一个四居室中，平时虽有钟点工清扫卫生，但一日三餐都要靠他们自己。他们二人的婚姻已快到六十年的钻石婚级别，半个多世纪以来二老相濡以沫，走过了风风雨雨、坎坷不凡的历程。如今，二老身患各种疾病，又不得不相依为命。岳母的阿尔兹海默氏症越来越严重，发病的类型又属于"武痴"，而这一切都要靠 88 岁的岳父一个人来面对，一个人来扛。这种精神上的负担日积月累，必然会引发岳父身体中前列腺增生向癌的转化，作为医生，我对精神因素与癌发生的关系是深有体会的。

记得三十多年前，我跟随京城一名治癌老中医，他用药很轻，重在调气，服完他的药，病人会感病灶处略为胀痛，继而会出现矢气、打嗝等症状。病人如果坚持服药，有的肿瘤竟会渐渐消掉。我很惊讶，曾问当时已有86岁高龄的老中医，癌症究竟是怎样得的呢？

老中医的回答简单而朴素，他说："癌症的起因往往是生了一口气，这气便郁在身体的某处，郁久了就会气滞血瘀，再与湿、热、毒相结，成积聚。这就是中医对肿瘤的认识，所以治疗上自始至终都要理气，而病人尤要避免生气，特别是不要生闷气！"

这是三十多年前临诊的对话，那时正值"文化大革命"的尾声，因为全国上下一片冤假错案，许多人的冤屈积在心中，得不到排解，久之便诱发癌症。因此那个时候受冤屈最多的老干部和知识分子中，癌症的发病率出现令人叹息的"高峰"。事实上，癌症病人中很多人有精神创伤史，如丧偶、丧子，长期精神压力、精神纠结、抑郁、焦虑、悲观失望、精神打击、冤屈不得伸张等懊丧之事。

在我多年的临床观察中，发现癌症病人多为好心人。所以我常说："好人易患癌。"那是因为好人多正直，看到不合理不公正的现象，常常会挺身而出，自然常常受到报复、暗算，在这种恶劣的精神夹击下，他们又最容易往心里去，从而形成"心结"。还有很多人，处处总为别人着想，遇到挫折困难或小人的诬陷、诽谤，总是一个人"扛"，一个人承受着，久而久之，也必然形成"心结"，而"心结"便是身体内孳生癌症的土壤。

好人易患癌，我的岳父是一个真正的好人。面对身患阿尔兹海默氏症的岳母，他选择了一个人扛，那是为了不把负担转给我们，因为他知道我们现在很不容易，上有老下有小，工作在一线，经济上每月还要背负可观的房贷，所以面对岳母的病，他尽量不告诉我们，不惊动我们。他独自陪着岳母，经常出入医院，给她服药，还做过一个疗程的针灸治疗，当岳母发病发脾气时，他又一个人面对，一个人耐心劝说。岳母的黑白常常颠倒，中午吃过午饭，她会倒头睡上三四个小时，晚上便来了精神，然后发泄对各种事和人的不满，有时还会跳着脚骂，岳父只是耐心地解释和劝说，因为他知道岳母的话并不当真，她激昂的言辞不过是在宣泄心中的不快，或许还有一辈子的冤屈，但第二天她会忘记所有说过的话。尽管如此，岳父每天都会被岳母缠到半夜，常常感到心力交瘁，异常疲惫。时间久了，他的心一定很累，一定会落下"心结"，于是癌便这样悄悄地在岳父体内孳生了。

岳父是个大好人，几乎是公认的。岳母在未患阿尔兹海默氏症时不止一次地说："你爸爸是好人，谁都承认。他在单位当一把手时，拥护他的人说他是好人，反对他的人也说他是好人。"而我作为他的女婿，更是深深感到这一点。思绪将我带到三十余年前第一次见到岳父的情景。那一天，也是我第一次见到我现在的夫人。

那时我刚从内蒙古兵团回来，在家闲呆时，考上了北京中医学院。可我三十多岁了，还没有对象，成为可怜的"剩男"，也成为我母亲的心病。我天生不会追女生，所以只能凭介绍，但一连见了十几个不错的姑娘都没有成功。寻找原因，多半是因为人家嫌我的性格呆板，在本来应该充满浪漫气氛的约会中，我却说不出几句话，而且声音细微。既然表现不出丝毫激情，那么对方也就找不到感觉。

我内向懦弱的性格，也许是在社会上长期受到压抑造成的，但我更认为是天生的。我的初中是 45 年前在北京二中度过的，几年前依靠搜狐网的同学录，竟然将班级的大部分同学和班主任、语文老师、英语老师聚在了一起，我们有自己的博客，大家写了很多回忆当年的文章。在我写的一篇文章中，我是这样描述自己的：

那时我在班上是个非常不起眼的学生，性格蔫蔫的，如果让我站起来回答问题，我的脸一定会红，声音会像蚊子一般小。我怀疑自己从小就有社交恐惧症，上街不敢问路，上课很怕站起来回答问题。记得有一次上地理课，沈老师让大家说气象谚语，其实我早就想好了一个谚语，但一直没有勇气站起来，直到几乎全班的同学都站起来说过，而我想好的那个谚语还没有人提及，才勉强站起来说了一个最俗的气象谚语："燕子低飞要下雨。"

这样极为平常的情景大家都不会记得，而我因为有长时间的内心活动在作祟，竟能一辈子记住这件事。在我记分册的评语上，老师经常会写："上课发言不积极，希望能广泛团结同学。"老师自然对我不会有什么印象，我敢说当同学第一次把我的名字告诉王老师、赵老师、丁老师时，他们一定很迟疑，脑中出现暂时的空白，最后想了很久，或许能隐隐约约想起我这个不起眼和不出众的学生。

而我在自己的博客开篇中，又是这样描述自己的：

我生活的节奏总要比别人慢半拍，有时甚至要慢两三拍。我29岁上大学，31岁结婚，35岁出国留学。33岁得子（不幸在8岁时夭折），43岁才又得一女儿。我是个慢性子，说话慢条斯理，所幸我学的是中医，这便应了慢郎中的节奏。但当别人出成绩的时候，我却默默无闻，到了60岁的时候，本该是退休的年龄，我则刚刚摸出点儿门路，并且渐入佳境。

或许慢能帮助一个人安下心来，静静地思考，自然也能深思熟虑一些深奥的东西。所以从小到大旁人都认为我有自闭症，常常关起门来琢磨一些稀奇古怪的问题。如果说是钻牛角尖，便是喜欢研究那些在世界上公认的难题，例如癌症、易经、经络、遗传密码、宇宙的起源与演化等，不管世人最后对我如何评价，我对这些难解之题都有自己独特的思路和见解。

我对自己的描述是真实的，读者大概能从这些文字中不难想象出我曾经是怎样的一个人，也可以想象得到这样一个呆板的人，在谈对象时会表现出怎样的笨嘴笨舌和羞羞答答，又会是怎样的一位姑娘和家庭最后来接纳我这样一个木讷的书呆子呢？

我父亲和我岳父曾经在 20 世纪的 50 年代有过几年共事，那时父亲在人民出版社做编辑，岳父也是编辑还兼任工会主席。父亲在解放前曾在爷爷的一个药厂做挂名总经理，在这个职业的掩护下，他曾为党做了许多进步活动，如团结同学荣毅仁、经叔平参加党的统一战线，开办进步书店秘密销售党的刊物和书籍。但父亲不是共产党员，为了摆脱他解放前的资本家身份，父亲希望参加工会组织。而批准父亲参加工会并发给父亲工会证的正是我的岳父。这样，我的家庭出身一栏就可以写"职员"，而不是"资本家"，使我在"文化大革命"中没有被当作"黑五类"的"狗崽子"来对待。我的父亲非常看重那个工会证，每当有人质疑我的家庭出身时，他就会小心翼翼地将那张工会证拿出来给我看。

为此，我的父亲一直对我的岳父颇有好感，所以当媒人到我家提亲时，我的父亲竟没有半点犹豫一口答应了这门亲事，甚至没有向我征求意见就做了主。那时我们住在四合院的一侧，我的父母住在一个角落的里间，我住在外间，睡觉时，我会非常清楚地听到父母的谈话。因为是谈论我的婚事，我更竖起耳朵听。

父亲对这门亲事表现出一百个满意，连声夸奖我岳父的人好。母亲问："家庭很好，不知女儿长得漂亮不漂亮？"父亲答道："错不了！她爸爸是人民出版社的'美男子'，女儿还能不漂亮？我看这门亲事就这样定了！"母亲则说："还不知道人家女儿要不要我们文纬呢？"我在另一间屋，非常享受地偷听着父母的对话，心中有了不知不觉的激动，心底荡漾着说不出的愉悦。那一夜从来不失眠的我竟失眠了。

　　第二天，媒人直接将我带到女方家。那是1980年的早春，她家刚刚搬进前三门，两套两居室，楼上楼下，家具简单，房间却很干净，在走廊的拐角处，放着一架当时非常稀有的电话。她父母待人热情和蔼，使我感觉到这是一个非常朴实的干部家庭

　　我终于看见，我未来的她，走进来，稍坐一会儿，又走出去。她美丽端庄的面孔，修长苗条的身材，特别是自信高傲的气质，使我看上她一眼，竟羞红了脸，不敢再抬起头，却感到自己的双手紧张地在微微颤动。当我再次向她望时，看到她烫着头发，头正好甩了一下，黑发便飘了起来，那美丽高昂的头连同飘逸的头发便永远地刻在我的脑中，这正是我所崇拜的女性，我无法抵御这个成熟女孩对我的吸引，我无法摆脱自己必定成为这不凡女子俘虏的命运。那一瞬间，我感到自己的心已属于她了。我不知道，这叫不叫一见钟情？至少我是一厢情愿的。

　　那天不知是因为紧张，还是内心的激动，我的话比平时多了些，加上稳重和憨厚的外表，我觉得自己已是超水平发挥了，相信给长辈们留下了不错的印象，但我未来的她会不会看上我？她对我的第一印象会是怎样？她肯不肯和我第二次相约呢？我的心一直忐忑不安，在起身道别时，竟感到两条腿迈不开步，只是和她点了点头，甚至没有勇气走上前与她握一下手。她没有送我出来，她的矜持使我感到绝望，但是她的父亲却热情地出来送我，

面带笑容地与我握手，更使我感到喜出望外的是，他竟主动问我下次何时来？我顿时感到了激动，感到一股热流从心底涌出，使自己看到了我与她的可能。这也是第一次我和岳父相见，他便给我留下了终生难忘的好印象。

尽管夫人后来告诉我，那天我一走，她和她的母亲就轮番地指责岳父，说："哪有女方主动约的？这太丢女方面子了！"然而我却不这样认为，一直对岳父怀着感激的心，因为在这一瞬间，我看到了他的善良和仁慈，我喜欢他的直白，并且我看到了我和岳父一辈子定能息息相通。如今他身患绝症，我一定要用我的智慧，用我长期积淀的医学经验，拼尽全力救治他！救治这样一位善良和正直的长辈！

第五章

　　岳父在结识许多志趣相投的好朋友同时，也认识了一些做地下工作的共产党人，于是岳父就跟着他们参加抗日救亡工作，和日寇汉奸作斗争。岳父就这样参加了革命，最后成为共产党人。

　　春节过后，我们带岳父到医院去做超声刀，首先要进行 B 超检查，检查中发现岳父前列腺上的肿物直径足有 8 厘米，热疗中心的主任显出吃惊的神态，他治疗过上万例癌症，还从未见过如此巨大的前列腺肿瘤。分析原因，大概是岳父五年前做过前列腺的电切手术，阻止了前列腺继续往尿道方面生长，这样他就不会有尿梗阻的症状，然而前列腺靠上部的残端病灶则继续生长，并且突入到膀胱，因为有了较大空间，所以在很多年缓慢生长的过程中，岳父竟没有症状，直到有一天突然尿血，才使这颗埋藏在体内的"定时炸弹"初露端倪。我记得，在刚出血做影像学检查时，岳父的肿瘤直径为 6.6 厘米，然而住院期间两次不成功的膀胱镜检查，以及连续两周 24 小时不停地盐水冲洗刺激，再加上春节的长假，在不到一个月的时间，使肿瘤迅速长到直径 8 厘米大小。而"短时间迅速长大"原本就是恶性肿瘤的显著特点。

　　前列腺分内腺和外腺，内腺增大一般是增生，外腺增大则多为恶性肿瘤。从 CT 片和 B 超显示，岳父巨大的前列腺肿块源于外腺，所以依据超声刀主任的经验 99% 可诊断为前列腺癌。考虑到岳父已经有 88 岁的年纪，他建议不必做活检以避免刺激，这和我"不捅马蜂窝"的中医抗癌观点是一致的。然而面对这样巨大的肿瘤，超声刀主任却表现出异常谨慎，他建议先进行保守治疗，即内分泌治疗+中药。

由于前列腺癌是一种雄激素依赖性肿瘤，所以内分泌治疗有一定作用。86%～98% 的前列腺癌是激素依赖性肿瘤，主要与雄性激素睾酮的刺激有关；95% 的睾酮由睾丸细胞产生，5% 的睾酮则由肾上腺皮质产生。前列腺癌的内分泌治疗有两种选择，或者采取切除睾丸的去势手术，或者是采用药物对抗雄性激素。我们选择了后者，按理说，这种治疗很简单，每天吃一片药，每 28 天打一针。治疗完全可在家中进行，根本不需要住院。然而为了让岳父能安心养病，我们还是选择住院，我为岳父一个人包了一间病房。

我们这样做是为了让岳父避开患有阿尔兹海默氏症的岳母，以防对他干扰，也就是试图将二老分开，但岳母对岳父的依赖已达到相当程度。岳母早已丧失了做饭的能力，需要岳父做给她吃；出门买菜，两个人要形影不离，稍不注意，她就会走丢；到医院取药，回家吃药，完全要靠岳父，如果靠她自己，或者会忘记吃药，或者就会过量服药；而最令我们头痛的是，岳母每天至少要用几个小时的时间让岳父倾听她的诉说，倾听她心中的种种不满。岳父在这样的环境下如何能医治他的癌症呢？所以我们必须将二老暂时分开，尽管岳母猜测这主意是我出的，会把我说成是"阴谋家"，但我知道她患有阿尔兹海默氏症，因此她对我的种种斥责都能理解。现在暂时只能对岳母说声对不起了，当下最重要的是，先要把岳父的癌症控制住，待岳父的病情平稳后，我会再想办法帮助岳母克服阿尔兹海默氏症的困扰，我不用中药，而是用心理治疗，或者说是用心灵的抚慰。对此我胸有成竹。

　　岳父终于暂时摆脱了精神的干扰，他独自一个人住在病房，带来了一些平时顾不上看的书，感到了久违的轻松。人到了这般年纪，又身患多种疾病，常常会回忆一生，总结一生，也必然对人生有很多的感悟。两年前，岳父刚刚自费出版了有关他一生的书《如烟往事文存》，后来这本书又为上海人民出版社正式出版。我和夫人每周来看他两次，有了富余的时间，也会闲谈他的过去，于是我便对岳父有了更多的了解。

　　我的岳父张惠卿是位了不起的知识分子，他是中国著名的出版家，曾任人民出版社总编辑，并且当选过全国政协委员，然而他却是自学成才。他自小贫寒，是个苦出身。岳父是浙江海宁人，他的父母，也就是我夫人的爷爷奶奶在家开个印花布的作坊，岳父记得从小看见他父亲先刻制各种木板，然后再印染花布，一切皆手工，所以岳父出生于小手工业者的家庭。

13岁的张惠卿

　　岳父13岁那年，小学毕业后，辍学在家。这时日本人侵占了岳父位于沪杭铁路线上浙江省海宁县硖石镇的家乡。当时小小年纪的他，眼看着一队队凶神恶煞似的鬼子兵端着上刺刀的步枪开进了市镇。街上的行人都躲进了两旁的店铺，岳父和他父亲正在街上行走，也赶紧躲进旁边的一家杂货铺里。突然一队鬼子兵在街上散开了，把住两边路口，然后挨家挨户把人集中起来，拿枪逼着大家脱去上衣，露出肩膀，逐个检查肩上有没有压痕，凡发现有压痕的就拖到街中间看管起来，连岳父这样的小孩子也不放过，幸而他们父子肩上都没有压痕，鬼子总算把他们放过去了。后来知道，日本侵略军认为肩上有压痕的都是扛过枪的士兵，这批人被押进宪兵队里，没有一个人能够生还。日寇还经常在街头突击搜查行人，许多从乡下来的、常年挑担的农民就遭了殃，一批批地惨死在日本人的屠刀之下。

　　岳父家对门有一座深宅大院，被日本侵略军占作宪兵队的队部，他们在那里日夜刑讯杀人，成了恐怖的地狱和屠场。周围居住的老百姓便天天处在惊恐之中。白天经常看到三五成群被驱赶到里面的无辜群众；到了晚上，特别是深夜，就可以清晰地听到从高墙内传出一阵阵撕心裂肺的惨叫声，令人毛骨悚然。

　　岳父至今还清楚地记得，他五岁的小妹妹每次听到惨叫声，吓得睁着两只恐惧的大眼，紧紧搂着母亲，全身颤抖。岳父幼小的心灵，第一次领略到当亡国奴的悲惨处境。一天，有个三十多岁的农民，被抓进了宪兵队，硬说他是游击队员，严刑拷打成遍体鳞伤后，又用四根大钉将他的双手双脚钉在一块门板上，放在门外的大树下"示众"。当时他还没有死，全身血肉模糊，睁着两只绝望无助的眼睛。过路的行人谁都不忍看他一眼。这个悲惨的画面多少年来，岳父只要一闭眼就会出现在眼前。

　　岳父全家在硖石再也待不下去了，就逃到了上海，在"孤岛"租界的贫民窟里苦苦求生。为了养家,小小年纪的岳父不得不当报童,他沿街叫卖过报纸。

啦啦啦!啦啦啦!我是卖报的小行家,不到天明去等派报,一面走,一面叫,今天的新闻真正好,七个铜板就买两份报。

当年由田汉夫人安娥作词,著名音乐家聂耳作曲的《卖报歌》,正是为流落街头的报童而作的儿歌,这首历史歌曲流传至今。我能想象到,当年岳父就是一路唱着这首歌曲一路卖报的。岳父的弟弟张辉,也就是我们的叔叔,小学只读了四年级,他放过牛,在上海当过学徒,后来上艺校,走上从艺的道路。新中国成立后,他成为著名的电影演员,竟阴错阳差地成了田汉的女婿。而我的岳父则是唱着《卖报歌》,走上了另一条文化人的道路。

岳父15岁在运输公司开始了三年的学徒生活,所谓学徒,就是不给工钱,只给饭吃,却要干更重更苦的活儿,主要是押车卸车。那时岳父正值少年,他腿脚灵活,车在行驶中能蹿上蹿下。我夫人小的时候和父亲一起散步,遇到栏杆,岳父能一跃而过,就是那段经历留下的本事。

岳父是那种踏踏实实干活的人,三年的学徒生活,深得老板赏识,所以当老板儿子办酒精厂的时候,岳父便调到酒精厂做了三年的技术工人。当时在敌伪统治下的上海,汽油奇缺,酒精可以代替汽油,故酒精的价格十分昂贵,它是用白酒采取蒸馏的方法提炼成的。

岳父虽然只有小学毕业,但他自小喜欢读书。在当报童时,他也许还能顺便读读报纸,但在运输公司跟车押车的三年生活中却很难读到书,他的求知欲望一直被压抑着。直到1943年,岳父 19 岁开始做工人的时候，终于有了业余时间，于是他的求知欲便被激发出来，他渴望读书。在酒精厂提货时，他结识了一位在洋行管仓库的张志岗，他介绍岳父认识了上海福州路中国图书杂志公司（书店）一个叫肖传芳的职员。从此，岳父就不愁没有书读了，看到如此多的书，他便有了高尔基所说的"看见书就如同饥饿的人看见面包一样"的感觉。下班后，他就如饥似渴地读着借来的书。

抗日战争时期的油印刊物

肖传芳后来组织了一个 20 多人参加的"洪流"文艺研究社，后改为"涟漪"文艺社。我的岳父也参加其中，和一群酷爱文艺的进步青年在一起吟诗习作，谈论国事。其间，只有 20 岁的岳父为爱国诗人屈原写了一个小小的剧本《汨罗江上》，抒发他爱国抗日的情怀，也表现出他的文艺天赋，这篇习作登在了他们自己的油印刊物《涟漪》上。

岳父那时还在俄国人办的东正教堂学习俄文。学俄文当时在青年中被看作是炙手可热的地下追求，这不是在正规学校所能找到的课程，因为俄文和马列主义联系在一起，而上海东正教堂却办了一个俄文补习班。向往光明自由的岳父，不仅学习了俄文，而且还结识了不少进步同学，从他们那里接受了许多进步的革命思想。早年，日本人侵略他的家乡，岳父亲眼目睹日寇杀死很多同胞，他们奸淫烧杀，无恶不作，所以岳父对日本帝国主义早就深恶痛绝，自然他很容易接受抗日的思想和革命理论。岳父在结识许多志趣相投的好朋友同时，也认识了一些做地下工作的共产党人，于是岳父就跟着他们参加抗日救亡工作，和日寇汉奸作斗争。岳父就这样参加了革命，最后成为共产党人。

第六章

　　杨孟亮是我内弟的岳父，我则叫他杨伯伯。当时我的岳父已经在上海东正教堂夜校学习俄文，杨伯伯也想学，岳父就带他去，从此他们就成了肝胆相照的知己。

　　岳父住在一家三甲医院的泌尿外科，内分泌治疗开始是有效的。一个月后，肿瘤缩小了1/5，两个月后肿瘤缩小了2/5，泌尿外科主任动员做手术，但是我们实在不敢冒这个险，因为毕竟岳父已是年近九十了。我们提出准备做超声刀，然而外科主任却表示出不屑一顾的态度，说那没有用。岳父表示不解，然而我在医院待久了，便知晓其中的内情，这该属于行业之间的门户之见。

　　岳父相信我的医学安排，依然不肯做手术。外科主任说，那就单用内分泌治疗，同样可以把肿瘤消掉。岳父半信半疑，我则完全不信。虽然内分泌治疗有一定效果，但能把肿瘤完全消掉的说法则有着很大水分，又何况岳父的前列腺肿瘤之大是罕见的，如果这样大的前列腺癌能够全部消掉，医学界早该宣布用内分泌治疗可以治愈前列腺癌了，那么人类的医学则出现里程碑式的突破了。尽管有着种种疑虑，我们还是尊重外科主任的意见，同时也想看看内分泌治疗对前列腺癌究竟有多大作用。我和夫人仍然坚持每周两次去看岳父，我除了给他送去煎制好的中药，每次来还会拿出笔记本，记下他过去不凡的经历。

岳父是如何成为共产党人的呢？那还要从他在 1943 年参加的文艺团体说起。在这个进步文艺青年聚集的组织中，他认识了比他长几岁的杨孟亮，他们一见如故，从此成为一生的挚友，甚至结为亲家。杨孟亮是我内弟的岳父，我则叫他杨伯伯。当时我的岳父已经在上海东正教堂夜校学习俄文，杨伯伯也想学，岳父就带他去，从此他们就成了肝胆相照的知己。

岳父与杨孟亮伯伯（右）在天安门人民英雄纪念碑前合影

当时杨伯伯在华懋饭店（现和平饭店）当"西崽"，他14岁踏入社会，在英商华懋饭店先当一名为客人拉门的"小郎"，4年后才当上饭店的侍者，但他资质聪慧，上进好学，工作勤奋，处事得体，且能随机应变，颇得大班的赏识，于是常派他去支应一些重要的招待工作。太平洋战争爆发后，华懋饭店被日本海军部接管，日伪的军政要人经常在那里吃喝玩乐和聚会密谈。共产党自然早就希望在那里找到耳目，所以杨伯伯那时就在李正文和陈波涛的领导下从事秘密情报工作。1944年10月杨伯伯将岳父也介绍给陈波涛，从此岳父正式参加了革命工作，常常作为地下联络员传递重要的情报。

李正文最初是共产国际派到上海从事对日寇和汪伪的情报工作，他曾通过申报馆的同事日文翻译肖百新认识了汪精卫的参谋长唐莽。李和唐交往过多次，成了朋友。肖百新有一次告诉李，据唐莽透露，重庆蒋政府有个高官的姨太太，最近不断来往于重庆和上海、南京之间，同日伪头目接触频繁，很明显是蒋介石最近回应日本方面的和平攻势，派此人来作为投降试探的先遣代表，十分可疑。而李正文前不久正是从杨伯伯那里得知，汪伪上层人士最近在华懋饭店举办的一次有陈公博市长夫妇参加的舞会上，发现国民党要员孙科的二夫人蓝妮也在其中，此人远在重庆，怎么会跑到上海这个汉奸窝里来参加舞会呢？李正文估计这个昔日著名的交际花蓝妮，极有可能就是唐莽所说的那个可疑的女人。

李正文将这一情况报告给共产国际，苏联方面十分重视，因为此事涉及蒋日伪合流的重大机密，如合流成功，不仅对抗日战争极为不利，也将构成对苏联的直接威胁，必须设法制止。苏联政府正式向蒋介石提出这个蓝妮有通敌嫌疑，实际是苏方故意借此事点穿了蒋介石企图投降卖国的阴谋，蒋不得不有所收敛，没有让这个负有特殊使命的女人再来进行活动。自此，杨伯伯就再也没有发现蓝妮在上海出现过。(参见张惠卿著:《如烟往事文存》，上海人民出版社 2012 年版)

李正文当时并没有和中国共产党建立直接联系，直到抗日战争结束，李正文和陈波涛才被重新纳入中国共产党，才使岳父和杨伯伯在 1946 年 4 月正式加入共产党。说到这一时期的经历，最使岳父难忘的是他被日本鬼子抓到日宪兵队所经受的生死考验。

1945 年 6 月初，一个炎热的夏天，我在上海被日寇抓进沪南宪兵队。当时我还不满 21 岁，在沪西昌平路一家酒精厂当工人。那天半夜里，随着一阵急促的敲门声，闯进来两个拿着手枪的日本特务，说是"查户口"。我从睡梦中惊醒，立刻意识到他们是冲着我来的，但已无路可逃。我镇定了一下情绪，乘特务还未走进宿舍，迅速把放在床头的一本艾思奇的《哲学选辑》和两本苏联小说扔进旁边一张空床的床底下。这间宿舍共住有 7 个人，都被叫起来查看身份证，当查看到我时，两个特务相视一笑，显然他们找到了要找的"猎物"，命我赶快穿好衣服跟他们走，并仔细搜查了我的床铺，但没有找到他们认为有用的东西。同事们都用同情和关怀的眼光看着我。我则想，事已至此，心中反倒十分平静。

门外停着两辆自行车，他们要我坐在一辆车的后座上。一个家伙带着我，另一个在后面跟着，把我带进了他们的魔窟——贝当路（现衡山路）10 号的沪南日本宪兵队。那里本来是一所美国学校，有漂亮的洋房和美丽的花园，还有一块很大的草地，现在这片草地上用木板搭起一排排牢房，显得阴森可怕。

我被捕后，首先被带进宪兵队审讯室，负责审讯的就是那两个来抓我的特务。他们都会讲生硬的中国话，一个面目狰狞满脸杀气，后来我知道他叫水岛，是个伍长；另一个表面像个书生，是水岛的助手。他们问了我的姓名、年龄，然后在一张纸上写了"党派别"三个字，要我回答。我毫不犹豫地在下面写了"无党无派"四个字，一下子把他们惹火了。那个水岛狠狠地擂了一下桌子，把那支铅笔也震到了地下，嘴里"巴格，巴格"地大骂，然后对我一顿拳打脚踢，吼叫着："你是共产党，快说！"我说："什么共产党？我根本不知道，我怎么会是共产党？"他说："你不讲，好，我们自有办法叫你讲。"又在纸上写了"吴锦初"三个字，问我："认不认识？他是谁？"我说："我认识，他是我的朋友。"他说："哼，什么朋友？是同志吧！"我说："什么同志？我不懂。"这两个家伙就气呼呼地一把拉着我，拖到楼上一间浴室里，命我脱掉衣服，剩下短裤和背心，然后反绑了我的双手，推我仰天躺在地上，捆住了我的大腿和小腿，用一块湿毛巾覆盖在我的脸上。他们两人一个坐在我腿上，一个坐在我胸上，拿着一把灌满水的大壶，问我："讲不讲？"我说："我根本不是共产党，叫我怎么讲？"于是就像淹在河里一样，水从我鼻子里、嘴里灌进去，呼吸一下就吸一口水，肚子里灌满了水，他们又使劲揿我的肚子，水从我鼻子里喷出来，我不断地咳嗽，难受极了。

等一壶水灌完了，才把我拖起来，问我："说不说？"我说："我不知道说什么。"立刻又遭到一顿毒打。最后把我推到隔壁一间空房子里关着，把衣服扔还给我。在穿衣服时，我发现右臂在滴血，才知道刚才双臂被压在身子底下灌水时，因不断挣扎，手臂在水泥地上来回摩擦，皮早破了，地上流了一摊血。至今我右手臂上还留下一个疤。这时天色已大亮，我想起刚才的情景，像做了一场噩梦。

过了不久，他们又把我带到刚才用刑的浴室里，看见吴锦初站在那里。他们搬来一只老虎凳（一种大长凳），把吴锦初绑在上面。吴竭力反抗，他是精武体育会的会员，会武功，力气大，两个特务弄得满头大汗，怎么也绑不住他的双手，最后用手铐才硬把他铐住，就使劲折磨他，又是灌水，又是火烫，却让我站在旁边看着。吴在受刑中大喊大叫，拼命挣扎，这两个家伙几乎对付不了他，最后他们也筋疲力尽了，才把他放开。我以为他们还要继续折磨我，结果没有。我们两人被分开，关进各自的牢房。

"犯人"每天只吃两顿饭，每人两个黑乎乎的团子或馒头，一碗菜汤，反正饿不死就是了。最难熬的是一到傍晚，成群结队的蚊子就在牢房里嗡嗡飞舞，多到随手一抓就可抓到五六个。这种青草蚊子还有个特点，就是不顾死活地叮人，赶也赶不走，甚至钻到衣服里来叮你。晚上睡觉，头上一直亮着灯，每人有一条肮脏不堪的毯子，可是天气这么热，坐着都会出汗，哪能盖得住这样的毯子，但蚊子的袭击更可怕，大家只好用毯子蒙着头睡觉。

我躺下不久，觉得浑身发痒，怎么也睡不着，后来实在太疲倦了，才蒙眬睡去。清早醒来，掀开毯子，大吃一惊，原来毯子上密密麻麻地爬满了跳蚤，真是吓死人！它们整夜都在吸我的血，怪不得我全身奇痒难耐。我看到同牢的三个难友都不当一回事，已经习以为常了。我心想，看来确实没有什么好大惊小怪的，自己在这里性命都很难保，不知哪一天就会成为冤死鬼，还在乎什么蚊虫跳蚤，就让它们叮吧！让它们吸血吧！

第二天半夜，我正睡得迷糊，突然进来一个卫兵把我拉起来，押到审讯室。水岛他们两人正气势汹汹地坐在那里。一开始仍要我承认是共产党，并要我讲出进行过什么活动，同党是谁？我说我不知道什么是共产党，哪有什么活动？他们两人就轮流用一根竹片绑成的棍子劈头盖脸地毒打我，一面打一面问："说不说？说不说？"我用双臂护着自己的头，竭力忍住疼痛，只是说："我不知道！我不知道！"他们打累了，水岛又把我拖到外面院子里，使出他练"柔道"的解数，把我当做麻包，东一下西一下地往地上摔，摔得我浑身是伤，骨头都快散架了。

然而任他们怎么打骂，我就是不改口。这些恶魔火冒三丈，暴跳如雷，剥去了我的上衣，先用点着的香烟烫我的两臂和前胸，看我仍不松口，干脆用打火机烧我，皮肤发出"吱吱"的声音。我咬紧牙关，忍着剧痛，到后来痛得神经麻木，竟感觉不到什么痛楚了。

最后他们拖我到自来水龙头旁边，缚紧我的双手，把我放倒在下面一块木板上，龙头上插了一根橡皮管，水岛手里拿着那根皮管，再一次恶狠狠地问我："说不说？"我看着他那张狰恶的丑脸，憎恨之极，国仇家恨一齐涌上心头，眼前出现了被他们用四根大钉钉住手脚的农民的惨相，不觉怒火从心中燃起，心想你们这帮混蛋的末日快到了！还逞什么凶狂？我咬紧牙关，说了"不知道"三个字后，就横下心，再也不说话了。

皮管的一头立刻塞进了我的嘴里，水岛拧开龙头，急骤的水柱直往我的喉咙冲来。但他们大概没有想到，这种灌水方法看起来势头凶猛，似乎立刻会让人窒息，但实际情况并非如此。因为我鼻子还可以呼吸，我用舌头顶住皮管的口子，水就基本上流在嘴外，进到喉咙里的只有极少部分，可以承受得了。但为了迷惑他们，也为了试探他们是不是真的要整死我，过了一会儿，我就紧闭双眼，假装被灌得昏死过去。耳边只听见他们还在大吼大叫："说不说？说不说？"见我这副样子，他们立刻把皮管从我嘴里抽了出来，把水关了。我知道他们并不真要把我弄死，心里有了底，就睁开眼睛假装醒了过来，就是不说话。

皮管又一次插进我的嘴里，拧开了水龙头，过了一会，我又

"昏死"过去，如此连续了两次。我听见这两个家伙用日语叽里呱啦地交谈了几句，大概对我已不抱希望。水不灌了，他们把我拖了起来。我浑身湿透，到处是伤，两腿发软，站起来，又摔倒了。我就自己爬起来在地上坐着，听候他们发落。他们见我已无法走路，就解开我的双手，让我穿好上衣，一边一个夹着我一路拖回牢房。我被折腾了近三个小时，这时天已亮了。我虽全身疼痛，两臂肿得很厉害，但终于挺过来了，心情反而很好。

日本宪兵对我的拷问实在没有结果，而那时抗日战争已接近尾声，他们已不能像以前那样嚣张。终于有一天，我和另外 8 个犯人被带到一间像会议室的大屋子里，水岛收起他那副狰狞的嘴脸，对我们"训话"，说什么宪兵队今天决定释放你们，出去后你们要安分守己，老老实实，不要再搞什么活动；要回到原来的地方去做事，如果你们的老板为难你们，要辞退你们的话，尽管来找我好了。意思是他可以给我们做主。大家听了心里都在冷笑。他开了一张 9 个人的释放证交给我们，这是出门时让门卫放行的。就这样，我们各人捡回了一条命，走出了这座魔窟地狱的大门，回到了人间。

一回到酒精厂，我立即打电话给杨孟亮，告诉他我已获释的消息，杨孟亮立即赶过来看我，我们劫后重逢，惊喜交集。三天后，陈波涛代表地下党来到厂里专门看我。我把宪兵队这 10 天的经历和遭遇详详细细对他讲了一遍。他勉励了我一番，说我经受住了一次重大考验，要我好好休息，把伤养好，并说日本帝国主义的末日快要到来了，现在形势对我们十分有利。陈波涛一直和我保持联系，并领导我继续参加革命工作。1946 年 4 月经他介绍，我被批准加入了中国共产党。在我出狱两个月后，恶贯满盈的日寇投降了，中国人当亡国奴的日子终于结束了。

岳父和杨伯伯自一起加入中国共产党后，先后变换了工作。杨伯伯转到南京路一家苏籍犹太人开设的马尔斯咖啡馆工作，岳父则在附近的慈淑大楼的一家做进出口贸易的炎华实业公司任会计。1946 年 9 月，他们两人又一起考入上海民治新闻专科学校夜班学习新闻业务。民治新专是著名新闻教育家顾执中创办的进步学校，按照党的指示，他们在学校中广泛团结进步同学，开展革命活动。岳父曾经和一些同学组织过一个校外学习会，学习马列主义和社会科学知识，请了几位进步教授来讲课，其中一位教授就是李正文。上海解放后，杨伯伯即参加上海市军管会，后被分配在上海市政府交际处工作。岳父由中共上海市委组织部分配在华东新华书店编辑部（华东人民出版社前身），开始了他一生的出版生涯。

第七章

我和夫人商量着，应当怎样让二老自愿地住进老人公寓呢？夫人失眠了一宿，也想了一夜，终于想出了一个绝好的主意。

岳父继续住在医院，他已没有刚住院时的轻松，他开始对住院感到厌烦，因为来医院做手术的病人越来越多。一个房间两张病床，虽然最初我把整个病房都包下来，但这个特权不久就被打破，在岳父的旁边被轮换安置不同的重病人。晚上，病人会不停地呻吟，这使岳父常常夜不能寐。我的内弟平时陪伴着岳母，他每周两次带岳母来看岳父，二老开始表现出恋恋不舍。

给岳父创造一个好的环境，对他治病养病是十分重要的。我和夫人不断商量，如果回到家中，把岳父和岳母单独放在一起显然不行，因为内弟的家毕竟在上海，他会随时离开，所以我们要设法找到一个类似疗养院的地方，把二老安置在那里。于是我开着车，带着夫人到处找，最后将目标锁定在高档的老人公寓。

在亦庄和方庄之间，我们找到了一家国际老人公寓。既然打出"国际"二字，那么至少在硬件设施上具备"国际标准"。我们看后，果然很震撼，房间都是星级标准，吃饭六菜一汤；年轻的服务员"爷爷！奶奶！"不离口，时时给老人们"贴心"的感觉。平时衣服有人洗，看病吃药都有医务人员照管，有事一个电话服务员即到。总之，我们感到将老人放在这里很放心。虽然价格偏高，但可以承受，二老的离休金是完全可以负担的。

然而问题的关键是如何说服岳父岳母住进老人公寓，岳父没什么意见，但岳母坚决不肯去，这使我们非常为难，因为岳父现在无论回到家里，还是留在医院，对他养病治病都十分不利。那一夜，从不失眠的夫人失眠了，她为二老不能住进老人公寓深感遗憾，也为感到下一步无路可走而苦恼。

老人公寓、养老院似乎是经济发达国家的产物，在中国仍然是个新事物，尽管中国到 2014 年后 60 岁以上的老人将达到 2 亿之多。如何安置老人？如何让老人有个幸福的晚年？在中国已成为许多家庭思考和关注的问题，在传统的观念中，儿女轮流陪伴、雇保姆似乎是最好的选择，而将老人送进养老院则被认为是不孝之举，如果老人自愿去养老院，似乎又是丢人之举。然而对于那些无子女、或子女不在身边甚至子女在海外的老人，为了保障他们的生活质量，入住老人公寓、养老院其实是最好的选择。

我在国外的亲戚，到了老年都会入住老人公寓，例如住在加拿大的大舅，10 年前到中国探亲，因贪饮了几杯茅台酒，结果在飞机上中风，亏得和他一起去的儿子是医生，抢救及时才保住了性命，但落下了终身偏瘫和痴呆的后遗症，所以早早被送进了多伦多老人公寓。我在美国纽约有个姨，每次去纽约，她都请我吃饭，她没有儿女，当姨夫离世后不久，她感到孤独，也是很早就住进了纽约的老人公寓。还有一位是我父亲的表妹，或者说是父亲昔日的恋人，她如今住在美国旧金山的老人公寓。父亲和她失散了半个世纪，而我最终能够在美国打听到她的消息，实在是一个神奇的故事。

大约 30 年前，我刚到美国的时候，瑞麟舅舅专程从迈阿密飞到纽约接我，然后把我送到克利夫兰的凯斯大学，在生物系我们会见了学校的一位知名犹太教授，他感到我的英语很差，建议舅舅找一位当地的中国人帮助。于是那位教授立刻拨了一个电话，与他的合作伙伴本森联系，谁知他正好是舅舅朋友的儿子，晚上舅舅专门请客吃饭，将我托付给本森。

本森虽然是纯血统的中国人，但他生在美国，长在美国，因此尽管有一张典型的中国人面孔，却不会讲一句中国话。他那时年富力强，正处在创业的旺盛时期，工作很忙，所以每隔一两个月，他会带我去吃一顿饭，或者带我到商店买一些生活必需品。后来因为我搬到中国人那里去住，我们的联系就越来越少了。

我的夫人来美国后，我又与中国人分开住，搬到了一位美国律师家中，住在伊利湖边的富人区。有一天吃完晚饭，乘着天色还未暗，我和夫人在湖边散步，欣赏着湖边一幢幢各种风格的豪宅。我们走到一栋英式的别墅前，不由得停住了脚步，它的正门像古城堡，我们被这别墅的豪华气派震慑住了，心想里面不是住着影星，也一定是位亿万富翁，谁知门开了，走出来的竟是本森。

我不知道这是不是老天爷的安排，本森也颇感意外，他立刻把我们请进了这座城堡式的别墅，房子有几十间，客厅有几百平方米，可以开舞会，花园有几亩地，不仅布满了花坛和草坪，还有小片的树林子。本森说这豪宅，他并没有花费巨款，因为买房子的时候，正值克利夫兰经济萧条，富人们纷纷离开，于是房价跌到了极低点。

自此我们和本森一家有了更多的来往，有时他们会邀请我们出去吃饭；有时我的夫人也会到他们家里，帮着本森的夫人维凯做些事情；维凯则带着我的夫人去教堂、去商店，使她初到美国长了不少见识。

我们的来往不算频繁，但时隐时现，从未中断；我们的关系不算近乎，但至少也维持着一般的朋友关系。记得回国前，本森请我们吃海鲜，算是为我们饯行；回国第一年的圣诞，我们互赠过圣诞卡；以后随着时间的流逝，我们之间的联系几乎完全中断，我们的关系被逐渐淡忘。

整整过了 10 年，我才有机会再次来到美国，来到克利夫兰，大概有三个星期，我住在我的一位病人斯蒂夫的豪宅中，他的园子有大片的草坪，有池塘，还有中国式的亭子。我坐在亭子里，常常想起克利夫兰昔日的朋友，便试图从电话簿的黄页中寻找他们的电话，竟一个也没有成功。

然而有一天，我吃完早餐，靠在沙发上，看到那本黄页露出了一角，竟醒目地登载着本森和他公司的电话，于是立刻打过去，那边传出了本森亲切和蔼的声音。他们急切地要我居住的地址，虽然相距几十公里，但是凭借电子地图，一个多小时便赶了过来。

我被本森夫妇带到附近的一家中餐馆吃饭，席间我们有说不完的话，但是我们毕竟只能用英语交谈，我生疏的英语，使我们不能谈得很深，但聪明的本森突然感到了我们之间似乎存在着某种特殊的关系。本森将我送回家，并将自己的想法告诉了斯蒂夫，并说自己的母亲是中国人，住在旧金山。斯蒂夫的回答非常简单，请用我的电话，让你母亲与谢医生直接对话，一切就会变得简单和明朗。

于是本森拿起电话，拨给了他的母亲，说了几句英语，然后将电话交给了我。话筒里传出了一位老太太慈祥的声音，讲得却是地道的苏州话。她说从小住在苏州的迎春坊，我说父亲从小在苏州拙政园里长大，其实我们讲的是一个地方。当我通报了父亲的姓名，老人家竟大声地叫道，原来你是谢曜的儿子，我和你父亲是表兄妹啊！放下电话，我望着本森，他正在吃惊地看着我的神情变化。我告诉他说，你是我的表哥，我的奶奶和你的爷爷是亲兄妹，他们都曾住在中国苏州一个最有名的园林中生活。

这时候，我突然想起母亲曾对我说起父亲在结婚前的一段恋情。父亲曾追求过他的表妹，他们同在当时上海最高学府圣约翰大学读书，记得父亲不止一次流露出对他表妹的钟爱，认为她是自己遇到的最美丽的女孩。我将这些讲给本森听，他惊叫道，我母亲年轻的时候曾是苏州出了名的美女。

第二天，我将这段大洋彼岸的奇遇，打电话告诉了我的母亲，母亲没有丝毫的醋意，全盘转告给父亲，使得父亲竟一连数天不思饭菜，常常凝视着窗外，我想他一定是沉浸在无限美好的回忆中。后来父亲曾委婉地要求我，向本森的母亲索要一张照片，但她却不肯，我想本森的母亲一定是希望自己能够在父亲的脑海中留下一生里最美好的印象。

这是摘自《一个中医在美国》的一段故事，但那故事没有完。父亲和他的表妹已年过古稀，虽然我为二老找到了牵线的机缘，但他们相隔万里，又碍于面子，竟始终没有联系，直到父亲离世后，我将那本纪念父亲的书《永远的怀念》寄给了本森，并转给了他的母亲，同时附上我的电话和电子邮件地址。

一个月后，我接到了本森母亲的电话，她说看了那本书，知道了父亲许多鲜为人知的故事，她对父亲有了更深的了解，她对父亲更崇敬了，自然也更爱慕了。她有两个儿子，都住在另外的城市，因此她只能一个人生活，虽然她很富有，但她独自住在一个大别墅中，感到寂寞和孤独；特别是晚上睡觉，一个人睡在别墅里，感到十分害怕。她用苏州话向我诉说了心中的苦闷和对父亲的怀念。她说准备将房子卖掉后，搬进老人公寓。

又过了半年，我收到了她的一份电子邮件，她告诉我已经住进了老人公寓，她已不再感到孤独，她的生活充实多了，她正在欢度幸福的晚年。或许因为有了这样一个生动的例子，我便对老人公寓或养老院有了特别的好感，并认为那是老人晚年理想的去处和不错的选择。

我和夫人商量着，应当怎样让二老自愿地住进老人公寓呢？夫人失眠了一宿，也想了一夜，终于想出了一个绝好的主意。我和内弟也不禁拍手叫好，于是我们便按计划有条不紊地进行。我们先把岳父从医院接到老人公寓，住在有一张双人床的房间里，然后带着岳母去看岳父。去了几次后，岳母便主动提出也要住进来，可这不是说来就能来的事情，要办一系列的手续，还要在三甲医院体检，花了整整一周的时间，岳母才住进来。因为是颇费了一番周折，岳母才和岳父能住在一起，所以她便特别珍惜这来之不易的老人公寓生活。

岳父岳母在老人公寓前厅

老人公寓的房间很舒服，可与三星级以上的宾馆相媲美；一日三餐，从不吃剩饭，二老气色红润，体重开始增加。每天能结识新的老人朋友，各种活动如电影、慰问演出、健康讲座、教书画、讲佛经丰富多彩；如有老朋友来看，可到专门的客厅，自然房间中也摆着两个沙发，十分给力，十分体面。岳父岳母很快适应了这里的生活，并且喜欢上了老人公寓，他们的生活质量有了很大的提升，他们终于过上了原本属于他们的幸福晚年生活。

岳父与岳母暂时在老人公寓安顿下来，我们每周去看他们两次，原本以为生活会相对平静，谁知"树欲静而风不止"，岳父的肿瘤又在悄悄地长大。在用内分泌治疗后，岳父的前列腺癌在第一个月缩小到4/5，第二个月缩小到3/5；可是第三个月又回到4/5，第四个月则和原来的肿瘤的大小几乎相等。

内分泌的治疗从有效到无效的过程，最终宣告了内分泌治疗的退出和结束。鉴于岳父88岁的年龄，我们不会冒险去做手术、电切、放疗、化疗，那么如何将这巨大的肿瘤消掉，现在也就剩下"华山一条路"，那就是超声聚能刀。

超声刀的治疗终于开始了，岳父每次在内弟的搀扶下，坐在我曾经坐过的治疗台上，这时会有一个探头对准肛门，于是在电脑的屏幕上，出现了前列腺、膀胱、尿道的超声图。一般的超声刀治疗只做一次，电脑定位后，用高热能将对准的病灶全部烧毁，由于组织短时间的坏死，可在局部产生激烈的反应，如水肿、疼痛、高热，为此病人常常需要麻醉。而与我有了长期合作的热疗中心主任，则将一次治疗化为七次甚至几十次分段治疗，每次加热的温度、选用的频率都是不同的，这是一种个体化的治疗。这种治疗的好处，首先是非常安全，因为每次治疗只是烧毁一小块病灶，所以局部反应很小，甚至自身感觉不到有何不适。

治疗就像啄木鸟筑巢一样，一点儿一点儿将肿瘤吃掉，而超声刀主任为了躲避血管、神经，保护正常脏器的功能，完全是采用"精雕细刻"之法，所以我岳父的治疗持续了近半年，共进行了70次的"切割"，终于将肿瘤从正常组织中分离出来，然后一块儿一块儿"消融"殆尽。而剩下的治疗则是长期服用中药，继续围剿残余的癌细胞，同时预防它们的死灰复燃。

医生和病人之间是讲究缘分的，癌症的治疗更是如此。我和三舅三舅妈虽然一起在北京生活了几十年，但我们之间没有缘分，所以三舅患了癌，不愿听我的建议和劝告接受中医的治疗，过于依赖和迷信西医，结果早早丢掉了性命。而我和岳父是深有缘分的，从30余年前，我们第一次相见，就感到了我们会一辈子和谐相处，并且息息相通。他生了病，十分相信我，每次都会向我咨询，倾听我的分析和建议，如果开中药给他吃，他会非常认真地熬药喝药，这令我深受感动。当然岳父对我的相信也并不是盲目的，因为他亲眼目睹了10年前我用中药帮助杨伯伯战胜了癌症。

杨伯伯在82岁的时候患了前列腺癌，当时西医决定手术，至少要切除睾丸，接下来的治疗便是化疗。他的女儿春春是个大孝女，她四处向中医求助，希望用保守治疗免除手术。春春在上海找了几家大医院的中医科主任，一致的意见是至少要做睾丸切除手术，然后再进行中西医结合治疗。最后电话打给我，我给予的建议是，既然以中医治疗为主，那么最好什么手术都不做。

采用我的建议是需要胆量和冒风险的，尽管我们是亲戚，但能完全相信我，应该说也是一种缘分。于是每两周春春会从上海打来电话，用上海话告诉我杨伯伯服药的情况，我则为他们调药开方，同时配合内分泌治疗，这样的治疗竟持续了几年，虽然期间曾有过几次反复，即PSA有过短暂的升高，但中药抗癌的剂量加大后，PSA又回归正常。他的癌症后来完全消退，他早已过了癌症病人的 5 年的临床观察期，如今杨伯伯已经有 93 岁的高龄，还经常打电话讨中药吃，他说喝我的中药就如同喝咖啡一样。

　　岳父正是看到了他一辈子的挚友、知己、亲家身患前列腺癌，没有做手术、放疗、化疗，而仅仅用中医加内分泌治疗就彻底战胜了癌症，虽然他的前列腺癌要比杨伯伯大得多，也严重得多，但经过超声刀的"精雕细刻"，也将巨大的肿瘤一点一点消掉了。而长期服中药以防癌的复发，则成为他生活的一部分。他用一个 6 升的电药锅，自己煎药，然后虔诚地坚持喝下去。虽然治疗癌症之路是漫长的，但毕竟到了一个相对平稳的阶段。因此，我现在终于可以静下心来，腾出手来，帮助我的岳母摆脱阿尔兹海默氏症的困扰了。

第八章

　　岳母内心最大的"心结"是什么？在她的一生中，是否受过心理创伤？是否有过巨大的冤屈？使她一直带着不快生活，而到了晚年，这不快的积累变成了痛楚，使阿尔兹海默氏症早早侵扰了她。

　　我开始研究岳母，并且思考如何帮助岳母医治阿尔兹海默氏症，我首先想到的是中药，但她因血小板增多症，每日都在服东方医院开的中药冲剂，如果再要喝汤药，她会抵制，更何况用两个药方同时治两种病，也会引起相互的干扰。而阿尔兹海默氏症虽然西医认为是一种不可逆的、退行性的老年病，但它毕竟是心因性疾病，即有很多精神症状和心理改变。那么心病还要用心药来治，所以心理治疗或许应该成为治疗岳母阿尔兹海默氏症的切入点。

　　岳母是位翻译家，她在"文化大革命"前，曾在中央党校哲学教研室任职，她为苏联专家讲课做翻译，得到学员们的好评，她的翻译水平和对哲学的理解，还得到教研室主任艾思奇和校长杨献珍的肯定和欣赏。岳母在翻译哲学的同时也会涉及心理学。记得我刚从美国回来时，因为在美国曾和一些心理学家有过交往，所以带回了一本《格式塔家庭心理治疗手册》。我是如何得到这本书的呢？思绪把我带到 20 世纪 80 年代，那时我在美国留学并做访问学者，闲余时会教美国人中医。

有一天，我接到一位美国男子的电话，名叫鲍尔·达格里斯，他是一位心理学家，同时又是一位电脑博士，他曾学过印度医学，因此对东方文化一直怀有浓厚的兴趣。他希望我每周抽一个晚上，到他家为一个心理学小组讲中医。

这个小组均由格式塔心理学派的信徒组成。格式塔心理学1912年产生于德国，创始人有惠太海默、克雷、考夫卡等人。但在纳粹时期，格式塔心理学遭到排斥，于是这三位倡导者及其信徒，把格式塔心理学带到了美国，并进行大量的研究，使它在美国得到很好的发展。

格式塔心理学也称为完形心理学，提倡整体思想。当代西方人的思维多是重视局部，忽视整体，唯独格式塔心理学独树一帜，重视整体作用。大概在他们看来，中医理论整体观与格式塔心理学倡导的观点颇为接近，便对中医产生极大兴趣，也使我能在美国克利夫兰建立一个新的中医传授点。

因为这些学生都是心理学家，所以我专门提出了用中医五行相生相克理论治疗精神病的可能。其基本观点为，金木水火土与情绪中的悲怒恐喜虑相对应，而精神病人的情绪类型也可分为悲者、恐者、多虑者、易怒者和喜不可自控者。五行相克的关系为：金（悲）克木（怒），木（怒）克土（虑），土（虑）克水（恐），水（恐）克火（喜），火（喜）克金（悲）。

于是我给这些西方的心理学家做了如下的建议，对于善怒或起因于怒的精神病人，可使用让其悲伤的精神疗法；对于过虑或起因于多思多虑的精神病人，可以采用激怒他们的精神疗法；对于善恐者或起因于受过惊吓的病人，可以采用使他们多思考的精神疗法，如让他们做算术题、下棋等方法，使他们心神安定；对于那些大喜过妄或因遇喜事而发精神病者，可用惊吓他们的方法；而对于悲者，他们往往因丧偶丧子致病，则应用逗乐、幽默使他们发笑的精神疗法。

在与美国格式塔心理学家的交往中，我发现中医五行相生相克理论派生的心理治疗与格式塔整体观所派生的心理治疗有很多共同之处，所以当我离开美国时，一位心理学家送给我这本《格式塔家庭心理治疗手册》。那时到美国留学，很少有回来的，而我去了几年，便早早回来，可是国内整体的经济开发还非常缓慢，因此我找不到自己服务的平台，自然在社会上也找不到位置，于是闲待在家中，想做些事情。

岳母显然有意要帮助我，她建议我翻译一本书，作为一个归国的中年学者，如果手中有一本著作，那么他应该有更好的前程。岳母从我带回的十几本书中反复挑选，最后选中了《格式塔家庭心理治疗手册》。然而那时我的笔译能力很差，所以翻译得很吃力，不过还是把翻译稿交给了岳母。她看过稿后，没有说半句我译得不好，因为她知道那时的我十分要面子，而她默默地和一位英语专业毕业的大学生为我改稿，然后又工工整整地把稿子抄了一遍交给我，鼓励我投稿。

我的投稿一直没有成功，这与国内对西方心理学的生疏有关，尤其对格式塔心理学更是一无所知，然而我却通过这件事对岳母的为人有了深刻的了解，而且我和岳母在心理学方面也算是有了一次合作，而如今我正是要通过心理治疗，来帮助岳母医治阿尔兹海默氏症。

我已经有两三年没看到岳母的笑容了，她的脸总是严肃的。向她打招呼，她常常不回应，或者只是勉强应着；和她聊天，她总是发表各种不满的观点，或者表达各种悲观的情绪。我开始想，假如她能笑出来，那么就能说明我的心理治疗取得初步的成功。所以我心理治疗的第一步，便是设法让岳母笑。我和岳母相对而坐，我有意识地说些笑话段子，想逗岳母笑，但我看到她的目光依旧是沮丧的，没有半点的微笑。有时她的双眼会盯住我，好像是对我说："你是不是觉得很好笑？可是我觉得一点儿也不好笑！"

我不得不反复思考，我感到自己还没有找到岳母的"心结"，那么岳母内心最大的"心结"是什么？在她的一生中，是否受过心理创伤？是否有过巨大的冤屈？使她一直带着不快生活，而到了晚年，这不快的积累变成了痛楚，使阿尔兹海默氏症早早侵扰了她。那么，我首要的任务，就是力图找到纠结岳母一生的"心结"，并且帮她解开这个"心结"。

我和岳母李真

我如果要想做到这一点，就必须了解岳母的一生，必须走进她心灵的深处。我曾不止一次听岳母说，她想要写一本关于自己的书，写自己的一生。岳母的一生充满传奇，也充满曲折，自然也有悲伤和冤屈，她一定有很多故事要讲给世人听，一定有很多人生的阅历和感悟要向世界述说。然而她一直没有动笔，我想她一定有难处；如今，她老了，又身患阿尔兹海默氏症，她的夙愿很难实现了。而我作为她的女婿，趁着自己还未完全步入老年，应该借助她的口述，帮助实现她的夙愿。

第九章

保育院的出现，对于生活在日本沦陷区，像岳母那样的苦孩子来说，是无尽黑暗中的一线曙光，但如何从敌占区，冲破层层封锁线，行几百里路，才能到达国统区的保育院呢？可想而知，对于大人来说，这都是十分冒险的事情，何况那时岳母只是一个11岁的女孩，她还要带着弟弟、妹妹，在没有家人的陪同下，独自前行。

我对岳母的采访是这样开始的。每次我们到老人公寓看望二老，当夫人与岳父讲话时，我便会端坐在岳母的身旁，拿出笔记本，向岳母说明我想要了解她的一生，她问我为什么，我说想听她讲她过去的故事，然后有可能帮她写一本书。岳母的眼神中最初曾有过疑惑，但随着交谈，疑虑便渐渐消去，逐渐开始有了兴趣，并且终于露出一丝的微笑。这已是我很久没有看到过的了，然后她看了我一眼，竟卖了一个关子："你想知道我的故事，那可多得很哩！"

岳母和岳父一样，也是苦出身，所以她的口述是从小讲起的。开始的讲话较慢，并且是断断续续的，以后变得连贯，语速也越来越快，再后来就变得滔滔不绝了。虽然因为阿尔兹海默氏病，她的故事有时会反复讲，也有时会把一些事情搞混，但在一旁的岳父会及时纠正，我将口述稿和找到的一些珍贵的资料，整理成了以下的文字。

我 1928 年出生在杭州。抗战前，我的父亲在杭州开一个小杂货店，由父母自己经营，按现在的话来说，也算是夫妻店。当时全家有十口人，经济来源主要靠这个小杂货店。除了杂货店的收入，在嵊县老家有 9 亩地出租。抗战开始，全家逃难回嵊县，父亲在嵊县城里也开了一个小杂货店，结果被日本飞机全部炸毁，后来只能在街上摆摊度日。

那一年是 1939 年，我 11 岁，生活实在过不下去了，父亲为此很发愁，好在有个比我大十来岁的姐姐在丽水，那里还没有沦陷，是国民党的统治区，姐姐做电话接线员，生活还过得去，她来信向我们传递了一个消息，在丽水附近碧湖新建了一个战时儿童保育院，专门收容和救济难童，吃、住、穿、学习免费，有几百人的规模。

说到战时儿童保育院还是有史可查的，吴新华在《大江南北》杂志中所刊登的《抗日烽火中培育民族幼苗》一文中，曾对保育院在抗日战争时期产生的历史背景有过较为详细的描述：

1938 年初，日本全面发动侵华战争不过半年时间，中国的 11 个省市沦陷于日寇铁蹄之下。日寇所到之处奸淫烧杀，未到之处狂轰滥炸。上千万人死于非命，上亿人沦为奴隶，3000 多万人流离失所。命运更悲惨的是成千万未成年的儿童，他们挣扎在死亡线上。这种情况引起了社会上有识之士的深切关注。是年 1 月 13 日，在武汉出版的《新华日报》以《发起组织儿童保育会》的大字标题，登载了这样一条新闻：

"抗战以来，很多为祖国牺牲的同胞遗下儿女待养育，令人怜悯。为救济这些儿童，社会上正准备组织'战时儿童保育会'，听说参加发起的有方振武、沈钧儒、郭沫若等 184 人。如成功则可使抗日同胞减少家庭顾虑，同时妇女们也可以参加救亡工作而增加抗战力量，很希望各界人士赞助。"

3月10日，战时儿童保育会在武汉界限路圣罗易女子中学成立。李德全担任大会主席，女作家安娥（后来的保育院歌的歌词是她写的）报告了筹备经过，蒋介石夫人宋美龄女士也讲了话。这次大会，在社会上引起很大轰动。

当时会场上还有一位女士，虽然没有出头露面，但却显得特别激动和欣慰。她就是中共南方局妇女工作组骨干邓颖超。她数月来的辛勤工作，终于有了结果。实际上，稍有头脑的人，透过《新华日报》的宣传，可以看出，其策划和促进者，正是中国共产党及进步人士，其中有周恩来和冯玉祥。

大会之后，举行首次理事会，推选宋美龄为理事长，李德全为副理事长，邓颖超为常务理事。聘请了包括蒋介石、冯玉祥、李宗仁、毛泽东、朱德、周恩来、叶剑英、郭沫若、沈钧儒，以及国际友人史沫特莱、斯诺、司徒雷登等286位名誉理事。这真是一次史无前例的、伟大的统一战线壮举！

在中国甚至世界历史上，恐怕也很难找到像这样的例子：在兵荒马乱的形势下，一个非官办的组织会有这样的效率。在很短时间内，全国就成立起20多个保育分会。8年抗战中先后成立了53个战时儿童保育院，这些保育院，历尽千辛万苦，收容保育了3万多儿童，为我们民族保存和抚育了一大批幼苗。

保育院的出现，对于生活在日本沦陷区，像岳母那样的苦孩子来说，是无尽黑暗中的一线曙光，但如何从敌占区，冲破层层封锁线，行几百里路，才能到达国统区的保育院呢？可想而知，对于大人来说，这都是十分冒险的事情，何况那时岳母只是一个11岁的女孩，她还要带着弟弟、妹妹，在没有家人的陪同下，独自前行。岳母讲述了如下的故事：

我那年 11 岁，因生活所迫，不得不带着 10 岁的弟弟和 9 岁的妹妹，投奔七百里外的丽水保育院。当时我们带了些馒头、烧饼做干粮，每个人带一个装满水的瓶子。我们三个孩子先坐在一辆拉货的车上，和货物挤在一起，用油布遮盖着。在日本沦陷区，通过封锁区时，司机会敲几下，轻声说："别讲话！"

我们几个孩子躲在车里，藏在货物堆中，相互搂抱着，感到瑟瑟发抖，听着外面日本鬼子伊利哇呀地盘查，车子终于允许走了，汽车慢慢开动起来，我们松了一口气，感到今后的生活有了希望。后来车子到达了送货地，我们只好下车，赤着脚，走完余下的路，终于见到了等候多时的姐姐。我们三个孩子都被保育院收下了。

接受岳母的保育院被称为第一儿童保育院，是全国 53 个保育院中最著名的一个保育院，位于丽水碧湖，院长叫李家应，她出生于名门，是当时浙江省政府秘书长李立民的长女，刚大学毕业，就担任了浙江第一儿童保育院院长。对于保育院的印象，岳母因为时间久远也许记不大清楚了，我曾问过我的一位来自丽水的病人，她说第一儿童保育院的旧址已经不复存在，然而对于这个著名的保育院，在网上还是很容易查到的。沈林在《战时儿童保育院在碧湖》一文中，对接受岳母的第一儿童保育院有详细的描述并附有照片。

抗战时期的儿童保育会浙江分会第一儿童保育院坐落在原丽水县碧湖镇南边，它的正前方有一条宽阔的瓯江，流经丽水、青田、温州，奔向东海。碧湖渡口对面是南山脚下的南山车站和南山渡口，是丽水云和、丽水松阳公路的交汇点。瓯江上当时没有桥，车辆、货物、行人全靠渡船过江，交通十分繁忙。渡口附近的江边，是保育院师生洗衣服、擦身洗澡和休息的好地方。傍晚时江边到处荡漾着保育院师生吟唱的抗战歌声，有时师生们还搭上渡船去南山玩。

距离碧湖渡口500米左右，上一个缓坡就是保育院的大门，是一座用松树皮板包起来的"∩"形大门。"战时儿童保育会浙江分会第一保育院"的醒目院牌挂在大门边。当时浙南一带的人们，大多知道碧湖有个第一儿童保育院。

一进院门，就是一个大花坛，里面种着多种鲜艳的花卉。大门右边沿围墙盖了一排平房，儿童报社、教师办公室就设在那里。花坛北边是山字形的教室。基教班、职教班按中队编制。各年级有自己的教室。花坛左边是一个大操场。每天数百名保育生在此参加升旗和做操等体育锻炼，还要唱《保育院歌》。操场的西北边是碧湖天后宫的院子。天后宫的大门前盖了一座"〔"形的排房，是7岁以下的幼儿班教室和寝室。院子前面有栏杆围着，不让幼儿出去。老师上唱游戏课时，常常可以听到稚嫩的歌声。教室旁边就是保育院的后门，可以通向北边的碧湖镇。

浙江第一儿童保育院的学员们

11岁的岳母带着弟弟和妹妹，赤着脚走进了这座保育院。

当时保育院建立不久，孩子没有收满，条件不错，所以对于从日本沦陷区逃过来的孩子来说，简直就像进入了天堂。岳母开始细细地回味她走进保育院最初的生活。

我们一进保育院，就发给我们衣服和鞋子穿，有吃有住，还给我们书读，我们感到好像进入了天堂。我分在五年级学习，弟弟和妹妹都分在三年级。在保育院，我们一面学习，一面劳动。开始学生没有满员，老师相对充足，我们获得较多的学习机会，课程有算术、语文、自然、音乐、体育等。我的学习非常好，考试总是第一。我的作文经常登在保育院办的《儿童报》上，我记得有一篇作文是写日本飞机到我家乡扔炸弹，把我家的房子烧了，并且烧掉了整个一条街。

岳母11岁时在保育院的留影，她当时的名字叫李雅卿

在保育院，最初每天有两个小时的劳动，后来难童、孤儿、流浪儿越来越多，老师教不过来了，就改为半天学习，半天劳动。劳动时男孩和女孩分工不同，男孩多做挖地、打扫卫生的力气活，女孩则多做缝纫，如做鞋做衣服。我因为功课好，就让我看管图书馆，这样我就有更多的机会读书，特别是能读到许多课外书，还记得看过的书有成套的《儿童世界》和《寓言》。

保育院有自己的制服，我11岁入院时拍了一张照片，穿着保育院的制服。那时每到星期天，我们有半天时间放假，可到外面逛街，街上的人看到穿着制服的我们后，都会好奇地叫道："看！保育院的！保育院的！"我们会感到十分自豪。

我毕竟还有一个大我十几岁的姐姐住在丽水，但她很忙，没有太多时间照顾我们，但她把一些零用钱交与了老师。到了周日，老师会给我九个铜板，因为我还有弟弟、妹妹，意思是每人消费三个铜板，由我掌握。我兜里揣着九个铜板，弟弟妹妹便会对我紧跟不舍，我就不用左顾右盼地照看他们。我们走出校门，无非是逛逛街、看看变戏法，自然最重要的是一起分享消费三个铜板的快乐。我们一般会用两个铜板买一个烧饼吃，再用另一个铜板买几块粽子糖吃。有时候，为了得到更多的实惠，我们不去商店买粽子糖，而是到地摊上买老百姓自家做的黑糖吃。我则还要留几块糖，分给我要好的同学吃。

然而保育院的生活并不是平静的。保育院专门收留孤儿，特别是抗战烈士的遗孤，当然也会收留被日本人残害的儿童，所以有时候会将许多从敌人虎口中夺下来、抢救下来的儿童送到保育院。我清楚地记得，有一天，老师叫我们："快来看啊！新的小朋友来了！"

我赶紧跑过去看，看到新来的小朋友都躺在地上，我以为他们都死了，仔细一看，他们还活着，他们是受伤的、生着重病的和因长期饥饿而极度营养不良的孩子，他们个个骨瘦如柴，虚弱得不能动弹。他们是从战区抢救过来的孩子，来时都已奄奄一息，但在保育院得到了无微不至的照顾，他们慢慢恢复过来后都成为我的同学。

我们的院长李家应是个非常了不起的人，她出身名门，通过她的人脉，保育院得到很多捐款和资助，学校的老师都是很有学问的，学校常常有人来参观，蒋经国的俄罗斯籍夫人，就曾在院长李家应的陪同下，参观了全院各部门、各班级，据说她是奉了宋美龄之命，特地来看望浙江第一儿童保育院难童的。

李家应是个极仁慈善良的人，她对我们保育院的孩子有着极大的同情心和爱心。有一次，日本人的飞机轰炸和机枪扫射保育院，孩子们哭声一片，我亲眼目睹李家应院长，不顾个人安危，不顾机枪扫射，四处奔跑，向孩子们高呼："快躲起来啊！快趴下啊！快躺下啊！"她英雄般的身影，她母亲般的爱心，给我留下了深刻的印象，令我终生难忘！她真是个可歌可泣的人物！

我在百度百科上找到了李家应相关的资料和她在战时儿童保育院与孩子们的一张照片，特收集在本书，让我们记住这位曾在抗日战争中作出贡献并培育过千百爱国后代（其中包括我岳母）的奇女子。

李家应，1910年生，安徽含山县人，南京中央大学社会学系毕业后在安徽凤阳师范学校图书馆工作。1938年由其父亲（浙江省政府秘书长）介绍，参加筹建战时儿童保育会浙江分会。8月浙江分会第一保育院于丽水县碧湖镇成立，李家应任院长。1943年，日军逼近丽水，李家应率领保育院全院师生迁往云和县，1944年又迁往平阳县。李家应团结全院教职员工，克服交通阻断经常得不到总会的经费接济等重重困难，办起了有150亩土地的农场、畜牧场，还有织布、做鞋、缝纫、织袜等工艺组，用生产来改善全院师生的生活并供应小学毕业升入中学学生的衣服、零杂费用。李家应与孩子们相处 7 年，深受孩子们的爱戴。1945 年 8 月李家应离院之日，孩子们排队哭着送行 30 里路。1945 年 10 月李家应获国民政府颁发的抗战胜利勋章。

李家应院长和保育院的孩子们

第十章

岳母唱着歌，高兴地笑着。这是岳母几年来很久没有过的灿烂笑容。我感到写这本书的第一个目的已经达到了，那就是首先要让岳母能恢复很久未有的笑，而这一次是她真正发自内心的笑。

我和岳母的访谈就这样开始了，每周我和夫人会到老人公寓两次，为了保证岳母在访谈时处在最佳的精神状态，我们特地选择了晚上，因为那时岳母刚刚睡过一下午，正好是精力最旺盛的时候。为了不打扰老人，我每次计划只讲半个小时，但她谈兴不减，因此常常会超过一个小时。我找到了岳母和母亲曾经一样的感受，即在为她们写传记的时候，喜欢回忆过去的事情，讲述自己经历的故事，并且很享受。虽然岳母对于近期发生的事情依然会很快忘记，但她的情绪好了很多，她不再轻易发脾气以表达心中的不满，她的面孔不再总是严肃，有时也会露出笑容。她和岳父的相处又变得和谐，并且逐渐回到了过去相互关爱、相濡以沫的生活状态。

虽然我和岳母每次访谈，在最初的衔接上常会出现障碍，但一旦找到话题，她就会滔滔不绝地讲下去。虽然整个的访谈没有连贯性，翻开我的笔记，记录下来的都是片段的回忆，之间是凌乱的，毫无关联的。然而即使是散乱的片段回忆，对于我写这本书都是极为珍贵的资料。为了勾起她的回忆，我开始寻找过去的老照片。我终于找到了一张摄于1995年5月，她与浙江战时第一儿童保育院的老师和同学重逢的照片。

岳母解放前名为李雅卿，解放后改名为李真。这张照片前排是许为通老师和他的夫人，岳母李真在后排居中，她的左侧是比她低一年级的同学李玉如，右侧是她的同班同学陶爱凤。岳母将这张照片放在手心，看了又看，讲述了如下的故事。

1995年5月，岳母李真与当年保育院的老师和同学重逢

许老师是我们的语文老师，我当时在班里作文总是名列前茅，他很欣赏我写的文章，所以特别喜欢我，自然我对他的印象也很深。保育院创办了自己的报纸《儿童报》，并向社会发行，发行量很大，成了浙江广大青少年喜爱的抗日爱国读物，而我的作文则常常被登在这张报纸上。许为通老师思想进步，我曾以为他是共产党员，而实际上他并不是。那时李家应院长对园内的共产党实际上早有觉察，但她基本上是睁一只眼闭一只眼，她和共

产党其实是心照不宣的。她顶着外界的压力，总是说一句话："只要真心抗日救亡，我就支持；凡努力为保育院工作的，我就要用！"所以无论是像许老师那样的疑似共产党员，还是真正的共产党员，在保育院均可担任骨干老师。《烽火儿童》一书曾这样介绍许为通老师：

"许为通于1939年3月，应聘到浙江第一儿童保育院任教。保育院推行了一整套进步的教育措施，许为通积极站在进步力量一边，与派进来的三青团分子进行了针锋相对的斗争。他担任音乐教师，也担任语文教师，还主编过《儿童报》，他在这些阵地上，热情地向院童进行爱国主义和进步教育。"

李玉如年龄比我小，她很小就没有了爸爸，她是跟着妈妈从杭州日伪敌占区逃出来的。母女俩都被保育院收下，她妈妈在保育院当帮工，洗衣服。我和李玉如一样，都是难童，又是老乡，我们变成了无话不谈的好朋友，我们不仅一起玩，而且还分享好吃的，星期日我拿着姐姐给我的几块铜板，买来的糖块，就是带给李玉如吃的。她后来考上了师范学校，新中国成立后便当了一名小学老师。

陶爱凤也是贫苦儿童，她也是从敌占区逃过来的，并且和我一样，弟弟妹妹都在保育院。她很有文艺才能，能歌善舞，参加了保育院的儿童剧团。儿童剧团经常到周围的农村、工厂和兵营演出，宣传抗日，还曾远到云和、金华和方岩（省政府所在地）等地公演。当时的《东南日报》整版介绍了他们的抗日剧目，如《放下你的鞭子》、《小英雄》、《帮助咱们的游击队》；有来自陕甘宁的节目，如《黄河大合唱》、《生产大合唱》等；也有孩子们根据自身经历自编自演的节目，如《流浪儿》等，小演员们演唱着在日寇的侵略下家破人亡、流离失所的悲惨情景，不禁声泪俱下，往往是台上台下哭成一片，十分感人。

陶爱凤在儿童剧团得到了锻炼，在班上也很活跃，教我们唱许多抗日歌曲，自然还有《保育院歌》。陶爱凤一直酷爱音乐，解放后当了一辈子音乐老师。

岳母讲到这里已经抑制不住内心的激动，她已完全陶醉在儿时的记忆中，好像置身于当年的保育院中，竟一遍又一遍地唱起了当年的保育院歌。

岳母唱着《保育院歌》，欢心地笑了

我们离开了爸爸，
我们离开了妈妈。
我们失掉了土地，
我们失掉了老家。
我们的大敌人
就是日本帝国主义
和它的军阀，

我们要打倒它!

要打倒它!

才可以回到老家

打倒它!

才可以见到爸爸妈妈。

打倒它!

才可以建立新中华!

岳母唱着歌,高兴地笑着。这是岳母几年来很久没有过的灿烂笑容。我感到写这本书的第一个目的已经达到了,那就是首先要让岳母能恢复很久未有的笑,而这一次是她真正发自内心的笑。我手疾眼快,在她欢心唱歌时,拍下了这张照片,也算是对我这阶段"用心良苦"的一个肯定,因为我们从这张照片上已丝毫看不出她是个阿尔兹海默氏症的患者,我们看到的是一个过着幸福晚年的老太太。于是我更加坚定地认为,医治阿尔兹海默氏症更有效的方法是心理治疗,而帮助老人写回忆录则是最好不过的心理治疗。

第十一章

岳母的名字李雅卿首次登在报纸上，为杭州人所知晓。

岳母在战时儿童保育院学习了两年，不仅免费吃住还有学上，但岳母是五年级入学的，所以当六年级毕业后，她就成为超龄学员，不得不离开保育院，自谋生路，否则学校为了接纳新难童，就要对超龄学生强行处理。因为学生大都是无家可归的孤儿，又遇到战争年代，所以处理是非常随意的，甚至是粗暴的，例如超龄的男孩会被拉去当兵，而超龄的女孩则会被有钱人收养，做丫环、童养媳，或是小老婆。好在岳母的姐姐在丽水，将

13岁的李雅卿，摄于保育院

岳母接出来，在离开保育院时，岳母又拍了一张照片，但那时，她已经13岁，在抗战时期，她的中学生活是漂泊的。

在我姐姐的帮助和救济下，我这个超龄学员离开了保育院，考上了在丽水的处州中学，这座学校是公立的，可以免学费，而且还可提供住宿，使我暂时有了安身之地。但是我读了一年多后，我的弟弟妹妹一天天大起来，也成为超龄学员，在儿童保育院待不下去了，这使我的姐姐不堪重负。于是我的父亲历时十几天，徒步行走了七百里路，从嵊县到丽水，把我们几个孩子接回了嵊县老家。

父亲把我接回去后，我便在同样是公立、免学费的嵊县中学上学直至初中毕业。毕业后，我和三个有志向的女孩子商量到外乡去考临海医士助产专职学校，因为上这个学校能享受到沦陷区学生救济金待遇。我们带了干粮，整整走了一个星期才到达学校，我们都考取了，而我更是以第一名的成绩被录取。但我读了一学期后，才知道所谓医士专职学校，并不是培养医生的，而是培养护士的。我不想当护士，于是我又回到了嵊县，在嵊县的中学续读高中。

当时我的父亲母亲，也就是你们的外公外婆，靠摆地摊卖杂货维持生活，放学回来或星期天，我会帮着看摊，但我的学习很好，在学校总是考第一名。在嵊县中学读高中是要交学费的，当时弟弟也上这所学校，两个人每学期要交160元。有一年，我的学费实在交不上，一位看不起穷学生的老师就对我说："不交学费就别上学！"我听后，呜咽地哭起来，但那时没有人可怜我，只得靠自己，好在我很争气，在全县作文比赛中获得第三名，得到了一百多元的奖金，赶紧补交学费，才使自己没有失学。

1945年日本人投降后，全家又从嵊县迁回杭州，租住在抗战前原址延龄路 25 号，父母先摆书摊度日，两个妹妹则当报贩，积了一些钱后，又将过去的杂货店开起来。延龄路 25 号是一个二层的旧楼，上下各 20 多平方米的房子，一层是店铺，全家人都住在楼上。当时我弟弟帮助父亲经营杂货店，我因为功课好，父亲认为家中总应该有人读书，将来才有出头之日，所以我上了学费低但分数要求高的杭州市立中学，高中毕业后，我就考大学，结果考上了两所大学，一所是上海复旦大学新闻系，一所是浙江大学教育系。虽然都是一流大学，但前者要交学费；后者因是师范生，全部公费，所以我自然选择了浙江大学。我考浙大的分数名列前茅，本来是可以上外语系的，我也很喜欢，但外语系不免学费，教育系免学费，所以那时的选择并不由自己，而常是为生活所迫。

19岁的李雅卿

我上大学后，因为连生活费用学校都包，减轻了家庭负担，这样弟弟妹妹也相继回到中学上学。穷人的孩子早当家，父母平时经营杂货店，无暇顾及弟妹，我则担负起照顾他们的重任。我的弟弟李中卿自小患有癫痫病，即老百姓所说的"羊癫疯"，他后来合并精神分裂症，并有自杀倾向，发作时十分吓人。

有一天，他手拿一把刀，要割自己的喉咙，我立刻扑过去，抓住他的双手，试图夺下他手中的刀，但他那时已成年，力气很大，我使尽全力，阻止没有成功。最后弟弟在自己喉咙上割了一刀，鲜血流了满身，他自己也倒在地上。我立刻跑到街上高声呼救，结果惊动了左邻右舍。在大家的帮助下，急找了一辆黄包车，我抱着弟弟把他送进了医院。我有一位大学同学的姐姐正好是这家医院的医生，经过抢救，才保住了弟弟的性命。

然而此时一位别有用心的邻居却去诬告，说弟弟是父亲杀伤，结果惊动了警察和媒体，一时间成为杭州的要闻，先是父亲被抓进了警察局，然后各报纸纷纷登出"父亲杀羊癫疯少年"的消息，于是谣言四起，搞得满城风雨。

李雅卿的弟弟李中卿

弟弟的气管被切开，讲不出话，也吃不下饭，全靠输液，但总算脱离了生命危险。我跑回家，听说父亲被警察拘捕，便到警察局去论理。警察听后，便跟我到医院找弟弟核实，但弟弟讲不了话，所以警察要我告诉他，用点头和摇头来回答问题。警察先问："你的喉咙是你父亲割的吗？"弟弟摇了摇头；警察又问："你的喉咙是自己割的吗？"弟弟点了点头。

第二天，父亲终于被放了出来。杭州的最大报纸《东南日报》正好派记者来家采访，我将事实真相讲给那位记者听，记者以访谈的形式，写了一篇大文章，醒目地登在报纸上辟谣，才平息了这场风波。而我的名字李雅卿也首次登在报纸上，为杭州人所知晓。

第十二章

岳母的故事讲得越来越动听，她在贫困的生活中求学，一步一步地成长，在艰苦的环境中磨炼了她的意志，在与困难的斗争中练就了她坚强的个性。

岳母的故事讲得越来越动听，她在贫困的生活中求学，一步一步地成长，在艰苦的环境中磨炼了她的意志，在与困难的斗争中练就了她坚强的个性。当时中国正处于抗日战争时期和社会大变革时期，所以像岳母那样出身贫寒的学生是必定会走向进步、投身革命的。我很好奇，对此表现出极大的兴趣，希望岳母讲述她是如何一步一步参加革命，并且最后成为共产党人的。

20岁的李雅卿在浙江大学校园

我一个女孩子能参加革命，首先是受到哥哥和父亲的影响。我的哥哥原名叫李耆卿，后改名为唐丘。他从小因病致聋，所以上的是聋哑学校。他在学校里受到进步同学的影响，在 1942 年就到苏北淮阴新四军的根据地，参加抗日战争。我的父亲李作尧，他是个无党派的群众，1943 年他到苏北淮阴找儿子，走了很多天，才到达革命根据地，但却没有找到哥哥，他在那儿住了两三天，看到新四军抗战坚决、军队纪律严明，于是对共产党产生了好印象。回来后，常常和我们念叨，使我自小对共产党也有了好印象。

　　我于 1947 年夏考入浙大教育系，住在华家池。一入校，我就被学校的进步思潮所吸引。那时浙江大学的课余生活非常丰富，其中无不涵盖着进步和革命的元素，你若加入读书会，就会读到许多看不到的进步书籍，如《大众哲学》、《共产党宣言》、《毛泽东自传》、《朱德自传》等。你若是个文艺青年，便可加入业余剧团，排练进步话剧。例如浙大同学在 1948 年排练并成功演出了讽刺国民党腐败政府的四幕话剧《金钱万岁》，当年的剧照现在还保存在我的相册中。

当年浙大同学演出的话剧《金钱万岁》剧照

在班上，我结识了同学张小浦，她为人热情，心地善良，思想进步，同时她又是我的同乡。我们很快成为无话不谈的知己，她鼓励我参加一些社会活动，并介绍我认识了浙大农学院陈尔玉，陈与我谈话后，在 1948 年 10 月，发展我加入了浙大的一个进步学生组织 Y·F，即 Young Friend。这是中共地下党的外围组织，相当于现在的共青团组织。

李雅卿的同学张小浦

我加入 Y·F 不久，在浙江大学发生了一件震撼全国的事件，这就是"于子三事件"，这个事件很快成为我们学生运动的主题，我怀着激情参加了这个进步运动的全过程，至今我还保存着当年留下的几张珍贵的历史照片。

为了使读者了解"于子三事件"的全貌，我从网上找到傅国涌写的《"于子三运动"与浙江大学》一文，特将有关"于子三事件"相关内容节录如下，并将岳母保存的八张照片穿插其中。

1947 年 10 月 29 日，浙江大学农学院学生、学生自治会主席于子三在杭州监狱中遇害，由此引发新一轮以"反迫害、争自由"为主题的学生运动——"于子三运动"。"于子三运动"发生在浙江大学，前后持续四个半月，参加运动的不仅有青年学生，还有全体教师员工，同时得到社会的广泛同情和支持。全体教授罢教、全体讲师助教罢教，在整个浙大校史上也是史无前例的。

于子三，1944年秋考入浙大农艺系。在1947年元旦爆发的"抗暴"运动中，他是一名宣传队员，因为他的演讲打动人心，开始引起大家注目。"5·20"运动前夕，他被推选为浙大学生自治会主席，他的名字因此上了国民党特务的黑名单。他还参加了地下全国学联和中共地下党的秘密外围组织"新民主青年社"（简称Y·F）。1947年10月26日凌晨，他被捕以后，在严刑逼供面前经受住了生死考验。10月29日下午，他被杀害于浙江保安司令部监狱，年仅22岁。

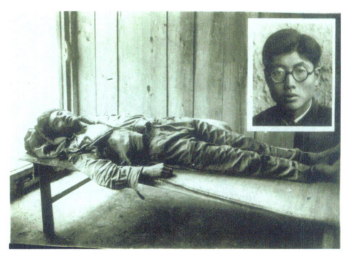

"于子三事件"照片之一

竺可桢校长得知于子三等四人被捕的消息后，马上开始活动，到处给有关当局打电话，又是民政厅，又是警察局，又是省党部，又是保安司令家，又是省政府秘书长。他要求保安司令转告警察局，"四人如有重大嫌疑，应送法院，如无，则由余保释"。当天他亲自赶到保安司令部、警察局各处，再三交涉，坚决要求保释未果。27日，他要求见被捕学生，当局以"恐泄露秘密故不允"，他又郑重"要求早日引渡至法院，可用司法手续办理"。28日晚上10点半，他还打电话要求保安司令部将学生移交法院。29日上午，他打电话给保安司令部责怪他们"爽约"，没有及时送学生到法院，他主持召开行政会议讨论营救，并劝说学生不要罢课。然而就在这天下午，于子三在狱中被杀害，他与医生李天助及学生代表三人赶到现场，拒绝在所谓"于子三以玻璃自杀"的证明上签字，只在另一白纸上写下：

浙江大学学生于子三委实已死，到场看过。竺可桢　卅六年十月廿九日夜十二时

"于子三事件"照片之二

10月30日上午，在于子三遇害后第二天的全校教授会上，在听取竺可桢校长、校医和学生代表的情况汇报后，物理系教授束星北先生首先发言，他说："我向来不赞成学生搞政治活动，但是，政府如此摧残我们，如此践踏人权，我们无法容忍！"教授会便以罢教抗议政府的暴行。10月31日（于子三遇害后第3天），杭州已临时戒严，教授会召开紧急会议，通过罢教一天的决议，成立"于子三善后委员会"，发表题为《国立浙江大学教授会为于子三惨死事宣言》的抗议，要求保障人权，惩办相关人员。

"于子三事件"照片之三

于子三死讯传来，浙大的莘莘学子就"踏着于烈士的血上去"，他们游行示威，发表《告同胞书》、《再告全国同胞同学书》、《天堂血泪》等，冲破官方的新闻封锁，向全国、全世界控诉"天堂血泪"。他们提出要"用我们能够使用的方式，在这个可诅咒的地方，击退这可诅咒的时代"。854名学生联名控告浙江省保安副司令竺鸣涛，连续发表"为继续罢课再告全国同胞同学书"、"敬告师长书"、"上校长书"，他们举行公祭大会，组织申诉队走上街头、深入各校，把学运之火燃向全杭州，燃向浙江和全国。北京、天津、上海、南京、昆明、武汉、厦门、福州、苏州、长沙、西安等地学生纷纷起来声援，反迫害、争自由的浪潮席卷全国，波及20多个大中城市、15万学生，成为1949年国民党政权在大陆崩溃前最后一次全国规模的学生运动。

"于子三事件"照片之四

于子三之死引发了一场"于子三运动"，国民党当局希望尽快安葬于子三的遗体，第四天就通知浙大校方，限在几天内下葬，遭到竺可桢的拒绝。浙大学生自治会拟定的出殡方案，包括要求举行公祭，出殡的路线、挽歌、挽词、口号、传单，当然都是当局不能接受的。多次交涉无效，浙大学生决定于1948年1

月 4 日出殡，从 3 日晚上起，浙大外出的道路全部被军警封锁。第二天早上，"子三广场"的公祭大会一开始就受到大批手持棍棒、铁尺的所谓"工人"围攻，许多学生受伤，出殡计划流产。

"于子三事件"照片之五

1948 年 3 月 14 日，也就是于子三遇害四个半月之后，浙大才为他举行隆重的葬礼，按竺可桢校长的意见，300 多名学生代表乘校车护送 前往杭州凤凰山麓，于子三的灵柩上覆盖着书有"学生魂"三个大字的巨幅悼幛，出殡路线避开了繁华的闹市区，没有游行，也没有口号和传单。

"于子三事件"照片之六

"于子三事件"照片之七

于子三墓在凤凰山的存在本身就是一个胜利，他的墓地成了
当时青年学生向往的圣地。一个同学发表文章说："在西湖与钱
塘江间的南宋故宫的废墟上；我们埋下一颗种子，一颗炸弹！从
此，凤凰山就成为一座火山，向着这罪恶的旧中国，日夜喷射火
石！"另一个同学站在于子三墓前说："我们埋下去的是一颗愤怒
的炸弹，也是一颗自由的种子，他有一天会爆炸的，他有一天也
会开出灿烂的花，结出丰满的果来。"当年清明节，就有大批上
海学生到杭州春游时，为于子三扫墓——"你倒下去，但是我们
都站起来了。今年是民主与反民主决斗的一年，也正是反动势力
必然走向灭亡，人民势力必然走向胜利的一年。你光荣的牺牲，
加强了中国学生的团结，加速了统治者的灭亡，更将提早实现人
民的解放。"

"于子三事件"照片之八

第十三章

> 岳母作为 Y·F 的成员，在学生运动中总是冲在前
> 头，从她所保留的八张照片中可以想象，岳母即使不是
> 学生运动的领袖，也是相当积极的分子，因为在这个运
> 动期间，她被发展为共产党员。

"于子三运动"，从 1947 年 10 月 29 日于子三遇害，至 1948
年 3 月 14 日于子三隆重安葬，历时 4 个半月。岳母作为 Y·F 的
成员，在学生运动中总是冲在前头，从她所保留的八张照片中可
以想象，岳母即使不是学生运动的领袖，也是相当积极的分子，
因为在这个运动期间，她被发展为共产党员。

浙江大学 Y·F 的领导人，除了陈尔玉，还有高亮之、朱元
明。大概是因为我在"于子三运动"中的积极表现，1948 年 2
月朱元明发展我加入中共地下党，成为一名候补党员，也就是现
在说的预备党员。朱元明作为高年级的男同学，他似乎有喜欢发
展女同志入党的倾向，他不仅发展我入党，而且还把经常来找我
玩的两位女友都发展成了党员。

大约 1948 年 4 月，我的同乡王秀霞从她丈夫家里逃出来，
因为她从小给人家当童养媳。她是我们家在嵊县的邻居。她来杭
州，由当护士的姐姐介绍她到浙江病院当了一名小护士，年十八

岁。她与我父母也很熟悉，常来我家。我常借书给她看，帮她进夜校，提高她的文化，鼓励她上进。我上浙大后，她还常来华家池找我，她不满现状，想去解放区，要我给她找路子。

朱元明见我和王秀霞常在华家池田间的路上走动，问我她是什么人，我说她是护士。朱元明说，解放区需要医护人才。我说她正想去解放区呢！朱元明表示要找她谈谈。后来朱元明和王秀霞见面谈了几次，让她耐心等待时机。不久，朱元明对我说，为了便于通过封锁线，王秀霞必须先入党，否则有些麻烦。朱要我问王秀霞是否愿意入党。我问了，她说愿意。我问朱元明："她够条件吗？"朱说可在党的教育下使她够条件，不是等她够条件了才入党。后来，朱元明要我转告王秀霞让她写自传。王秀霞照办了，我将她写好的自传交给朱元明不久，王秀霞就被他批准入党了。

我的另一个好友高停云，她是我的老乡，也是我中学很好的同学。她理科不大好，但喜欢写作，有时也有文章发表。她家庭虽富有，可本人思想进步，我和她在中学一起参加过共产党办的读书会，经常读进步书籍。她没有考上浙大，家里就让她去读私立的上海大夏大学。其实她十分向往去解放区，我们就设法帮助她。有一天，我们把她送上去天津的轮船，希望转道去解放区。可是到了天津，高停云在旅馆暂住，等待来人联系，此时她写了一封信给父亲，信封上有这家旅馆的地址，她父亲立即乘飞机赶到天津，硬把她拉回上海。

高停云去不成解放区，也不想在上海待着，就从上海来杭州找我和张小浦帮忙，要求在浙大旁听。我们帮她办妥手续后，她就在华家池后面的农民家租了一间房，常和我与张小浦一起旁听浙大的课。朱元明见我们三人总在一起出出进进，便向我了解高停云的情况，我说她是我的朋友，现在华家池旁听。过了一段时间以后，朱元明要我介绍高停云与他认识，朱和她谈了几次话后，也发展她入党了。后来高停云对雕塑艺术感兴趣，考入了位于西湖白堤的国立艺专，朱元明就把高的组织关系转到了艺专。自此高停云很少再来浙大华家池找我们。

1948年，李雅卿与高停云

有一天，张小浦告诉我，朱元明到解放区去了，以后党的关系由她来联系我。直到解放后我才知，朱元明因私自发展党员，受到停止党籍一年的处分，而他为了逃避责任，以后竟不承认认识王秀霞和高停云，更不承认发展她们俩入党。然而朱元明的"花心"和"赖皮"，或者说他目无组织、自作主张的"盲动"，却给我留下了难以下咽的苦果和无尽的麻烦。

1948年9月29日晚，王秀霞听说高停云当晚要从上海来杭州，来我家找我，她和高停云很熟悉，也是嵊县同乡，故要和我同去火车站接她。其实王秀霞到我家来时，已有两个特务盯梢尾随，我和她一起去火车站接了高停云回到我家，特务一直跟着，当时已近晚9点，特务见王秀霞进入我家，以为她这晚就住在我家了，他们便到附近的刑警队去调了一辆吉普车，然后又到我家来抓王秀霞。

此时，王秀霞离开我家不到10分钟，突然闯进一中年男人，径直走进里屋，父亲大半身尚在躺椅上，见有人进来，急忙站起，笑脸相迎地问："有何贵干？"对方说："找王秀霞小姐。"父亲非常诚恳又很歉意地说："王小姐刚走，还撵得上。"哪知那男子不信任地说："我进去看看。"顿时，父亲意识到来势不妙，就不敢说别的，只好由他进屋、上楼，紧随其后又陆续进来数名特务。家里的气氛立刻变得十分恐怖。善良憨厚的父亲预感到厄运的到来。这伙不速之客在楼上翻箱倒柜，搜查了约半小时后，最后将我和高停云带走，并对父亲说："请两位小姐随我们走一趟，我们是来找王秀霞小姐的，一人做事一人当，等抓到了王秀霞就会放这两位小姐回来，我们不会亏待她们的。"

随后我们被带到了刑警队，当晚和几个刑事犯关在一起，没有审讯我们，不久，我们看见王秀霞被抓了进来，带到里面去了，一直把她单独关押。被捕后在刑警队的第二或第三天，开始分别审讯我和高停云。审讯我时，特务说王秀霞已承认自己是共产党员，供出我和朱元明，并拿出一张纸给我看了一下，我看到是有我和朱元明的名字。我相信王秀霞是真的把我和朱元明供出来了。

我当时想，在特务看来，我是浙大学生，他们会更注重我，我如果承担了责任，他们就不会再去追究王秀霞。如我矢口否认，其后果必然是特务去给王秀霞施加更大压力，只有十八岁的王秀霞如果扛不住，就可能把我在浙大的好朋友张小浦等人说出来。当时浙大不知我已被捕，在华家池同一宿舍住着张小浦和其他几个党员。如果王秀霞乱说，特务去浙大抓人，浙大组织将会遭受严重破坏，后果不堪设想。

我仔细斟酌，认为自己反正已被捕，王秀霞已供出了我和朱元明，但她不知朱元明已去解放区，特务是抓不到他的。我现在最好的策略，只有把所有责任揽在自己头上，承认王秀霞所供的情况，其他则一概不承认，一概不知，也只有这样，才能把特务的目光转移到我身上。所以最后我决定承认自己是党员，介绍人是朱元明，是我把王秀霞介绍给朱元明的，并说自己只知道埋头读书，不爱活动，和别人很少交往，不知道其他任何事。在多次审讯中，我咬定自己只知道朱元明，自始至终没有涉及浙大地下党和Y·F组织的其他任何人和事，从而也保护了他们，没有给组织上带来任何损害，这使我一直感到欣慰。

同时被捕的还有高停云，她和我曾在同一个党小组里，我则为她掩护，而王秀霞不知高停云是共产党员，那是因为高停云家里很有钱，她是富家小姐，所以王秀霞不会想到高停云是党员。几天后，高停云便由她父亲托人保释出狱。

高停云出狱后，我和她的联系便暂时中断了，直至解放后，我们的联系才恢复，我们依然是好朋友，虽然她已故去，但是在她丈夫郑朝编的《停云诗文集》中曾记载了我和她的一些往事：

嵊县中学的好友李雅卿保留着在解放区的哥哥的一些书籍，如《西行记》、《皖南事变记》、《山洞印刷厂》、《鲁迅文学艺术院》等，这些书为停云打开一个新的天地。她要开垦一角文学园地，与李雅卿等办起了《野火社》、《文海社》等文学团体并出版了刊物。停云写的一篇叫《野蔷薇丛》的小说曾经引起同学的注意，这篇小说讲一个穷诗人和富家小姐的恋爱故事，后因家庭阻挠，富家小姐殉情。

……

这时，好友李雅卿向停云伸出了手，邀她到杭州她就读的浙江大学教育系去当旁听生。浙大教育系在华家池，这里也是一处僻静、幽雅、适宜读书的地方。但那时的浙大也是东南学生运动的旗帜。不久，停云被这里的中共地下党一位姓朱的负责人吸收入党。她写过自传、宣过誓、交过党费，由朱单独联系，单独过组织生活。一天，朱找她谈话，说国立艺专的党组织比较薄弱，希望她到艺专去。当她考进艺专后，朱又向她交代：到艺专后会有人来与你接头的，他的暗号是："你看过电影《松花江上》没有？"你回答的暗号是："看过，快有两个月了。"当停云到了艺专，果然那里地下党的负责人用这个暗号与她接上头。但是联系上后却莫名其妙变成 Y·F 的关系。这件事造成了停云的终生遗憾。

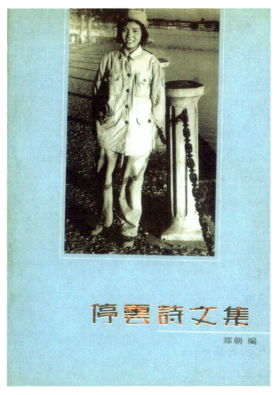

高停云丈夫郑朝编的《停云诗文集》

停云考进艺专后，从上海赶来杭州，住在李雅卿家，不料与李一起被杭州刑警队逮捕。李是共产党员，别人供出了她，只好招认。停云没有暴露，坚决不承认。第五天被押解到特刑庭，关进木栅栏，她想到俄国革命党人流放的故事，也用脚步量木笼的面积，长14步，宽10步。脚镣手铐的滋味都尝过了，现在又坐木笼，她真正体会到是在屈辱与损害中过日子，悲愤从心中来。以后她写道："没有惧悔，没有嗟叹——然而仇恨抬头，喷向时代里的血污一片，恨！恨！恨！恨狗！恨那些主儿！恨无耻而下贱的统治！恨那蒙骗世界的黑幕！"

关于停云阿姨，我还有些印象，记得三十余年前，我和夫人旅行结婚时，选择了苏杭，苏州是我的老家，而杭州则是夫人的老家。我们的浪漫之旅行至杭州时，便住在停云阿姨家里，记得她家在西湖边上。有一晚，她的丈夫陪我们一起喝烫热的绍兴老酒，没有酒量的我，几杯下肚，便有了醉意。夫人扶着我，沿着西湖边漫步，被微风吹拂着，感到无限的惬意，那浪漫的意境令我终生不忘。自此之后，我们就没有再见过停云阿姨，只是感到她的慈祥和热情，她给我们带来了难忘的快乐。为了怀念停云阿姨，我从她的诗集中，选登一首诗在我的书上，作为对她永久的纪念。

第一颗星

我从夜色里

看到第一颗星升起

古怪而蓝色的夜

它为我光亮……

我有年轻的笑声
与高傲的思想
我像掠翅的苍鹰
盘旋在世界之上……

云会柔和我孤高底灵魂
晚风拂暖我情感底凄凉
我放声地歌唱
一支又一支地
歌唱战斗的迫切希望
与繁花的梦想

我将不再寂寞
伴着我
是这古怪而蓝色的夜
那升起的第一颗星
它将我一生照亮

1948.11 杭州

第十四章

　　岳母被抓进监狱后，立刻震动了浙江大学，这是继
"于子三事件"后的又一政治事件。整个事件的过程都
记录在《竺可桢日记》中。

　　岳母被抓进监狱后，立刻震动了浙江大学，这是继"于子三事件"后的又一政治事件。此事同样惊动了竺可桢校长。竺可桢对自己的学生充满了爱护之心，岳母的被捕，使他焦急万分，他曾利用自己的人脉关系，试图营救岳母。营救不成，他还专门家访安慰过外公，亲临探监鼓励岳母，当岳母被判刑后，他又亲笔写信慰问岳母。经过几个月的努力，最终使岳母和浙大的另外 4 个同学获得保释。整个事件的过程都记录在《竺可桢日记》中，成为珍贵的史料。

　　既然竺可桢校长曾如此爱护和帮助过岳母，使我在写这本书的时候，也特别关注竺校长，我读了北青报王志军写的《竺可桢：探寻天道　深究地理》一文，对竺可桢这位历史名人有了较多的了解，特摘录如下：

　　竺可桢 1890 年出生于浙江绍兴东关镇一粮商之家。1910 年，竺可桢以优异成绩取得赴美留学生资格后，认为中国万事以农为本，便进入美国伊利诺大学农学院。1913 年他毕业后，又到哈佛

大学地学系攻读其幼时喜爱的气象学。

　　竺可桢是位杰出的教育家。他担任浙江大学校长十三年，不但使浙大迅速发展成为国内比较完备的综合性大学，而且由于他坚持民主学风，十分爱护学生，使浙大成为解放前学生运动中少数"民主堡垒"之一。竺可桢对浙大师生反对独裁、争取民主爱国运动给予支持，所以在浙大校内科学、民主和进步思想始终占上风，以致国民党特务骂浙大是"共产党的租界"。1949 年 4 月，人民解放军渡过长江，竺可桢拒绝国民党要他去台湾的要求，前往上海等待解放。

新中国成立后的竺可桢先生

　　1949 年 7 月，竺可桢应邀到北京参加全国科学工作者代表大会筹备会，在随后成立的中国科学院任副院长。竺可桢以很大精力关注中国的农业生产，想方设法利用气象学知识增加粮食产量。1964 年，他写了一篇重要论文《论我国气候的特点及其与粮食生产的关系》，其中分析了光、温度、降雨对粮食的影响，提出了发展农业生产的许多设想。毛泽东看到此文非常高兴，专门请竺可桢到中南海面谈，对他说："你的文章写得好啊！我们有个农业八字宪法（土、肥、水、种、密、保、管、工），只管地。你的文章管了天，弥补了八字宪法的不足。"竺可桢回答："天有不测风云，不大好管呢！"毛泽东幽默地说："我们两个人分工合作，就把天地都管起来了！"

从 1917 年在哈佛大学读书时开始，竺可桢养成了记日记的习惯，其中又主要记录了气象研究的各种资料。由于战乱，只保存了 1936 年到 1974 年 2 月 6 日的日记，共计 38 年 37 天，其间竟然一天未断！这些日记页页蝇头小楷，一笔不苟，共计 800 多万字，令人叹为观止。1984 年 1 月人民出版社出版了《竺可桢日记》。

1984年人民出版社出版的《竺可桢日记》

在《竺可桢日记》中，我找到了竺可桢校长在 1948 年 9 月 29 日~1949 年 1 月 27 日期间的日记，其中多处提到岳母李雅卿被捕、营救和保释的全过程，我感到资料非常重要，所以将涉及岳母的资料一一收集在本书。第一页为原书的扫描件，以后则略去扫描件，把日记中涉及岳母的内容按日期摘录如下：

九月卅日　星期四　　[杭]
……晚学生代表陈明达来谈，谓教育学系二年级女生李雅卿昨晚在其寓…被捕。缘李于下午至车站接一高姓友人，与市民医院王护士同往。未几李与高在悦来被捕，而王亦在市民医院被捕云云。

十月一日　星期五　　[杭州]　　晨阴，下午晴。
……陈明达等以自治会理事会名义发传单，谓李雅卿人无下落，李雅卿之家属怕此等传单于李反不利，故央同学来校说明，不希望有此类传单。余以电话询张文理，据云李雅卿去接之客高姓，以为拉拢共产党之看护来，因之市民医院之王护士与李均被捕。高宿李家中，故联带及之云。……关于教育系二年级生李雅卿于前晚被警厅逮捕事，兹查得其详情。……前（廿九）日下午李雅卿与市民医院已辞职之看护士王秀霞到车站去接中学同学高停云。高系上海人，曾在大夏读书，以功课太坏不能留校，乃考杭州艺专。因行李多，故请李、王二人相助。……王旋回市民医院，李、高在李寓晚膳。至十点左右警察即来，询王秀霞不在，警即上楼将李、高二人捕去，旋又去市民医院捕王。闻现拘捕在竹斋街行官前刑警队云。

十月二日　星期六　　[杭]　　晴
晨六点半起。上午十点偕步青及斯大二人至自衣寺特种刑庭晤袁首席，询教育系二年生李雅卿之下落，据云警厅已于昨晨通知，暂拘留刑警所。谓其于民卅五年曾被警所拘，旋即释放，……余等出后嘱斯大赴……晤李之父亲询问，余与步青至警

九月卅日　星期四　〔杭〕

……晚学生代表陈明达来谈，谓教育学系二年级女生李雅卿昨晚在其寓…被捕。缘李于下午至车站接一高姓友人，与市民医院王护士同往。未几李与高在悦来被捕，而王亦在市民医院被捕云云。

十月一日　星期五　〔杭州〕　晨阴，下午晴。

……陈明达等以自治会理事会名义发传单，谓李雅卿人无下落，而李雅卿之家属怕此等传单于李反而不利，故央同学来校说明，不希望有此类传单。余以电话询张文理，据云李雅卿去接之客高姓，以为拉拢共产党之看护而来，因之市民医院之王护士与李均被捕。高宿李家中，故联带及之云。九点开车至里西湖……斐章女子中学开幕典礼。……校长胡琬如主席报告，知此校筹备已十一个月，由竹荪生为纪念乃父而设，……已费四百金条，即四千两金子……云。……关于教育系二年级生李雅卿于前晚被警厅逮捕事，兹查得其详情。……前(廿九)日下午李雅卿与市民医院已辞职之看护王秀霞到车站去接中学同学高停云。高系上海人，曾在大夏读

1178

《竺可桢日记》第1178页（扫描件）

厅晤周厅长。渠系嘉兴人，其人较前任沈为坦白。据云此次线索系来自王秀霞。缘王秀霞劝市民医院某医生赴苏北任事，其人决定往，旋又变计，乃将其事告知友人，王秀霞遂为人所注意。……余要求一看李雅卿，周即允，陪往附近……之刑警处，……即召李雅卿来。……十二点别周回。……张小浦……来询，余告以晤裘、周二人所得之消息，但未及朱元明。孙斯大来，谓曾晤李雅卿父亲，知两年前警厅发觉悦来存有大批违禁书，乃将李雅卿捕去，并发现李之兄自共产区寄给李之信件。但数天后即释放云。……

十月十五日　星期五　[杭州，昨日返杭]　晴

……余即约徐家齐、孙斯大赴小车桥一号第一监狱。……余等先招吴大信来谈，知其与郦伯瑾、陈建新等四人共一房间，故

不嫌寂寞。渠面容尚佳。据云有院子可以自由出入。次招李雅卿来。渠与女政治犯八人同住一屋。因在侦询时期，不能接见。渠于四日下午移至第一监狱，曾在特刑庭开审一次。同时被捕三人中高停云已保释，王秀霞与李雅卿同拘一室中。起诉书于九日送到，谓李雅卿加入共产党，有叛国行为，以刑法二十三条第一项起诉，最重为五年徒刑，故其事似不严重。……膳后……左大康来，余以事忙，嘱振公告知今晨在第一监狱接洽情事。……

十月十九日　星期二　［杭州］　晨雨，下午雨，晚阴。

……适之偕竹盦生来。……适之于昨到此，明日即赴沪，住新新旅馆。……余即约适之明日在寓中膳，因允敏屡言欲一见适之于此也。……今日报载，昨下午已公开审询两女共产党员王秀霞与李雅卿。……晨自治会左大康、裘荣安即来谈，谓何以特刑庭不首先通知学校。余告以李雅卿在其家被捉，并无告学校以开审之义务也。后余电特刑庭王庭长家楣，据云被告委请律师，须由律师向法庭声明，则不但公开审判，即预备审判亦须邀律师出席。余询以是否可以重开辩论，渠以为如经律师申请，可以考虑云云。适学生自治会定晚六点开会报告此事，余以六点须赴默君处，请步青、斯大前往。……八点半回，电适之请明日演讲。

十月廿二日　星期五　［杭］　晨阴，雨数点，日中晴。

晨六点起。七点半偕允敏送默君回南京。……上午自治会左大康来谈李雅卿重开庭辩论事。缘十八日特种刑庭公审李雅卿，到十七晚始告李本人，而其父亲与校中均不通知。李十八日公审时以考请律师开审，实际十五日余与徐家齐赴第一监狱，已约定徐为律师。后询王家楣，王怪徐事先未去申请；且谓无通知其父亲之义务，需免强词夺理也。今日李父与裘荣安来，余嘱与徐律师一谈，并托浩培再电商王家楣，但未几特种刑庭即来公文，谓不便再开辩论矣。接周小燕电，允来校演唱云云。小提琴家马思聪近已到杭，请沈思岩去接洽。午后三点半约陈省身、建功、步青、琢如等赴之江大学及云栖齐鲁大学。……

十月廿三日　星期六　［杭］　阴

……并定明日晚宴请马思聪夫妇与周小燕及其妹小林，邀沈思岩夫妇作陪。……下午二点在特种刑庭宣判李雅卿及王秀霞案，……判有期徒刑各二年半。李雅卿以律师未能辩护要求重开庭辩论未准。步青与斯大及学生三人前往听审判云。……

十二月十二日　星期日　［杭州］　晴

……接教育部转来情报，谓："自八月廿二日由此间会同特刑庭拘捕吴大信后，竺校长之态度即形转变，甚至包容奸伪匪谍学生之一切非法活动于不问不闻，而对于特刑庭之传讯则加以拒绝。兹举其事实如下：（一）被漏网之学生李浩生、楼宇希侦查已到校。由特刑庭传讯，均以未到校拒绝；（二）李雅卿被捕时自认由朱元明介绍。朱虽休学，但仍潜留校内为自治会工作，经特刑庭传讯，以离校拒绝；（三）吴大信、李雅卿被捕后，亲到拘留所慰问，在交谈中暗示彼等弗自承认；（四）吴匪被捕后，九月十九、廿两日竟由学生决议正式罢课，并印发宣言长期罢课之重大学潮，当局事先不加制止，事后亦未予主谋分子以正式处分；（五）浙大匪谍学生拒绝特刑庭之传讯，并严密校内巡查，预备以武力阻止入校逮捕；（六）十月十九日于子三自杀周年，举行殉难纪念，有鸣钟志哀、发动扫墓等等，学校当局竟不问闻。……无怪社会人士认浙大为共匪之租界。总上各情，浙大当局包容匪谍学生之非法活动，实责不容辞"。……教育部将此文附寄外，另有文曰："竺校长密鉴：兹抄送该校有关情报一件。实情如何，仰即查明具报为要。教育部亥虞（十二月七日）"。此项报告当然为俞嘉庸所作。所谓余暗示吴大信、李雅卿弗自承共产党，全属子虚。因彼等自承后则罪名可以减轻；且校中发现共党能剔除，则校中风潮较少。余素来主张政党不要入学校也。

一月廿四日　星期一　［杭］　晨雾，晚阴。

……李浩培来，欲校中出函与特种刑庭王家楣，保释在狱之李雅卿、吴大信、郦伯瑾、黄世民、陈建新等五人……。

一月廿五日　星期二　［杭］　晨阴，晚阴，微雨。

……午后至模范监狱晤吴大信、李雅卿、郦伯瑾、陈建新、黄世民等五人。渠等在狱均尚安好。郦等三人已达一年之久。今日报载政府将释政治犯，停止特务，并各大城市解严，恢复各种停刊之报纸。校中已去函特种刑庭请保释吴大信等。余与吴大信等谈片刻即出。据李雅卿云，其父每星期来二次云。监狱狱长梁君告余，谓一月薪水迄未领到，故生活不易维持，幸囚犯尚有平价米可得（160元一担），不然则殆矣。回途走归。……

一月廿六日　星期三　［杭］　晨阴。

……晨间学生包洪枢、寿纪仁来，云将集体往迎吴大信等出狱。余告彼等谓今日虽特种法庭允交保，但是否能释不可知。但渠等性急，昨晚已开会议，决定去迎接。晨间满处拉人，但总数亦只二百余人，因三分之二已回家度年，而多半学生不愿作戏剧中人物也。余请步青、浩培、孙斯大三人往特种法庭，并电话梁监狱长念萱，告以有大批学生将来。经步青、浩培等之交涉，而事先陈公洽巳允王家楣五人可以交保，故特种刑庭遂允保释。但学生排队而往，沿途在墙上大写"还我于子三来"、"严惩战犯"等等标语。若与退伍军官及前方退回之兵士相遇，必相冲突。幸告无事。晚间接保安司令部函，谓贵校学生午后结队游行，公开散发侮蔑政府之传单；在戒严时期急应制止此种行为云云。八点半李季谷来，亦为此事。余告以此事校中确以事起仓卒，未能制止；亦以训导方面披露消息过早也。下午张衡（佐时）及杭市参议会高维魏来，为组织杭州各界维护事。又吴大信、郦伯瑾、李雅卿、陈建新、黄世民偕包洪枢来谈。

一月廿七日　星期四　晨阴，晚九点阴。

晨七点起。上午与步青召集学生自治会代表包洪枢、左大康等七八人，责以昨日去第一监狱保释吴大信、李雅卿、郦伯瑾、黄世民、陈建新等五人，校中集队去之学生二百余人，不应该以浙大名义在广济医院及各处墙上乱写标语，因墙各有主，不能乱涂；且前方退回中央军已云集杭州，一旦治安不稳，则此辈军队随时可以浙大为目标而进攻，则浙大之安全不可保。学生集全力以筑围墙、轮流守夜，为的是安全，而到处标语，适足以召祸而已，云云。中午……赴鼓楼电灯厂晤协理陈致忱……偕至城外江边闸口电厂［参观］。

竺可桢日记中所提到的吴大信是浙大的学生领袖，当年竺可桢为营救他，也费尽心机，最后与岳母同一天获得保释。我在"浙江大学报"的网页上找到了他的相关资料，特摘录如下，因为他毕竟是岳母的校友和狱友。

吴大信在1948年担任浙大地下党支部书记，1948年8月，被杭州市特刑庭便衣警察闯入校园非法绑走。9月11日，杭州高等特种刑事法庭开庭"审讯"吴大信。校长竺可桢、苏步青教授及几十位同学等前去旁听。在特刑庭公审时，吴大信揭露当局破坏民主的罪行，他在回答检察官提问时说："符合人民利益、人民意见的叫民主，不符合的就不民主。"香港《华商报》认为吴的申辩反映了中国学生的革命气节。因吴拒绝写出"不再参加政治活动"的保证书，他被判处十年徒刑。在竺可桢校长、苏步青训导长等的不断努力下，1949年1月27日重新获得自由。

第十五章

更使岳母感动的是，就在 10 月 19 日当天，竺可桢校长给她亲笔写了一封信，通过同乡探监时将信带给她。出狱时此信就带在岳母的身上，一直保存至今。

前面章节是竺可桢校长对我岳母被捕事件的记述，而岳母关在监狱里是另一番情景。岳母端坐在沙发上，平静地给我讲述她的牢狱生活。

我被抓到刑警队不久，即被转送秘密看守所关押，并继续审讯，这个看守所是专门关押尚未司法定案的政治犯。只因浙大知道我被捕后，校方和广大师生不断向当局呼吁抗议，他们才把我和王秀霞的案子转交给特刑庭，关进了小车桥第一监狱女监。

第一监狱，当时被称为国民党的模范监狱，一个房间关十来个人，有上下床铺可以睡觉。狱中关的主要是政治犯，多从游击区抓来的游击队员或牵涉进来的老百姓，大学生很少。但这个监狱既然标榜为模范监狱，便常有人来参观，加上学校的声援，所以环境相对宽松，我不用干活，可以和狱友随便聊天，也可以读书学习。和外界的联系没有完全封闭，虽然信件要检查，但和同学、父亲能够通邮，我至今还保存着当时的信和信封，父亲和妹妹被允许每日探监送吃的东西，同学也常来看我，甚至竺可桢校长还亲自到监狱看了我一次，所以那时对坐牢并不感到害怕和寂寞，因为从学校、家人那里总能得到他们精神上的鼓励，浑身充满力量，有时候还会热血澎湃。

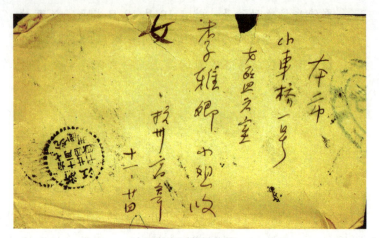

同学寄到监狱的信

1948年李雅卿入狱前与王素玉在浙大华家池

我的小妹叫李素贞，自小我比较照顾她，所以她对我也较依赖，那时正处兵荒马乱的年代，家中子女多，父母忙于生计，小妹常常无人顾及，到了十二岁的时候还没有上学，然而越来越懂事的她，终于有一天问到我："三姐！我一直不上学，难道我这辈子只做烧饭婆了吗？"我听后，为之一震，感到全家人为生活所迫，确实忽视了最小的妹妹，把她的学业给耽误了，但那时也不能让她从小学一年级读起，准备先帮她补习一段，然后再让她从高年级读起。

自此，我一有时间就教她认字。当时我在浙大有一个非常要好的同学叫王素玉，我们住在同一个宿舍，她虽有一个哥哥在浙大当教授，毕竟家不在杭州，所以我经常把她带到我家。她心地善良，常帮我家干活，同时也把我家当作自己的家一样，饿了便会翻东西吃，和我们处得如同一家人。我们亲如手足，朝夕相处，但彼此都不知道对方是共产党员，因为那时地下党都是单线联系，虽然在同一大学、同一宿舍，但不在同一党小组，便不知对方身份。

王素玉看我帮妹妹识字，便主动帮助小妹复习全部的功课，大约复习了半年，终于将素贞妹妹送到小学五年级读书。那时妹妹13岁，个子很大，和五年级的同学在一起很不般配，人家穿着童子军的制服整齐地走在大街上，她一个大个子，穿着破旧的衣服缩在最后，但她不怕难为情，因为当时她一心只想读书。凭着这样的执着精神，她后来又读了中学。解放后，她考取了山东莱阳农学院，毕业后留校做老师直至退休。这位后来做了副教授的妹妹，回忆起她读中学和大学时的费用都是我供养的，而她那时能读书也是因为我的帮助，所以知恩报恩，自小我们关系很好、感情很深，那时我被捕入狱后，她也最为着急，在她退休后写给我的一篇文章《往事》（未发表）中，回忆了当年我入监后家中的一些情景和往事：

　　自三姐（岳母）被抓走以后，每天总有三五成群的浙大学生来我家安慰父母，并由学校负责积极寻找人的下落。因为不久前有"于子三事件"血的教训，所以父母和学校都主张先找到人以确保人身安全，然后再进行其他营救工作。在校方的努力下，第二天就找到了拘留所在地，心急如焚的父母亲心情才略好转些。

　　有一天下午，我家来了一对穿着不寻常的老夫妻，老人自我介绍说："我是竺可桢。"父母亲听后非常激动，父亲连忙拱手感激地说："有劳竺校长。"竺校长的到来，给了父母极大的安慰，使两老得到了最大的精神支持。

小姨李素贞

与校长别后不久，父亲带我去监狱，他叮嘱我看见你三姐后一定不要哭，我答应着，可还是不能自控。父亲从来意志十分坚强，看见三姐全无血色的憔悴样子，强忍着悲痛，心里在流血，勉强关照一通。时间一到，三姐被带离铁门而去，强忍着泪水的父亲终于失声痛哭，当时16岁的我，第一次见刚强的父亲哭得如此伤心。

第二天，由我陪着母亲去探望三姐，母亲望见铁门，看到别人与亲人相见，里外都哭的悲惨场景，就禁不住老泪纵横。待三姐出现在眼前时，母亲怕引起女儿伤心，只好忍住眼泪，但在回家的路上，她却一直在擦眼泪。

后来，每到探监日都有一批批浙大学生前往，而且他们都是先到我家，把要用的衣物一并捎去。所以父母后来就很少去监狱，只是每日由我送去一罐母亲做好的热菜。天天去送菜成了我的任务，经常是上午一次，下午一次。后来三姐被放出狱了，我还是按照三姐的吩咐给她的狱友如陆子奇、杨志行送饭菜。好在那时的监狱管理比较松，只要能报出一人的姓名，就给传递进去。这样一直坚持到她们都一一出狱后，我的任务才告结束。

我的狱友都是游击区的革命干部和群众，他们参加革命武装斗争或地下工作，历尽艰险，有的家庭成员已壮烈牺牲，有的被捕后已坐牢多年，身在异乡，举目无亲，有的又无法和游击区的亲人联系，还带着孩子坐牢，对我触动很大，也很受感动。我家就在杭州，得天独厚，有很方便的条件，我想应该尽可能为他们做点事。首先就是改善他们的生活境况。当时狱中一日两餐，每餐一勺烂菜汤，一碗糙米饭，连两三岁的孩子、年迈的老太太也过着同样的生活，真是太苦了。他们大多营养不良，身体瘦弱，如杨志行同志患有多种疾病，尤其是胃病，很难适应狱中的饭菜。

父亲来监狱给我送菜时，我就对他说：政治犯都是好人，有老有小，生活很苦，营养很差，请父亲多送点菜和食品来。父亲果然第二天就送来几盒菜，还有孩子吃的奶糕、饼干等食品。后来我放风时见到隔壁一个老太太王熊氏，60多岁了，她和女婿是一起从余姚游击区被抓来，女婿是县长，关在男监。她本人则被反动派当作"共匪"联络站站长，抓来判了刑。王熊氏每天念佛，心平气和，十分慈祥。我让父亲给她老人家送菜，不要放猪油，因她是吃素的。以后父亲和我妹妹就每天两次送菜来，从不间断。

不久，杨志行等三位难友要看书，而其中的郝孝婉是教员，我和她一起教难友识字、学文化。我让父亲到图书馆借些文学名著之类的书，还买些识字课本、笔和纸等，我父亲都一一照办了。有的难友从游击区被抓来，服刑时间已久，衣衫单薄破烂，我让家里找些衣服给她们。我被浙大保释出狱后，家中仍继续每天两次送菜给难友。

难友们来自浙东游击区，有的与外界一直没有联系上，一则是路途遥远，在穷乡僻壤，联络不便；二则是怕暴露组织关系或让家人受牵连，因"犯人"通信，寄出寄进都要经过狱方检查后盖章。难友求助于我，我当然同意。她们要寄出的信，在我父亲探监时，由我偷偷塞给父亲去投递，对方要寄来的信，就寄到我家，由我家人偷偷塞给我，或放在饭盒里带给我。她们家乡的组织派人或家属来杭州探监，到杭州后就住在我家。他们先向我父亲了解狱中情况、探监规则，以便采取对策，如佯称是某某亲友去探监，由我父亲到狱中通过我传递消息给她们，然后来人再到狱中探望她们。

我自入狱后，几乎每天都有同学到家中安慰我的父母，或到监狱探望我，支持和鼓励我。竺可桢校长不仅到家中看望我的父母，也亲自到监狱探望我，这在竺可桢1948年10月2日的日记中就有记载，而我保存有浙大学生会1948年10月10日给我父亲的慰问信，从中可见学校对我的关怀。

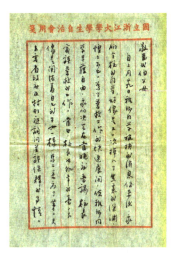

浙大学生会慰问信第1页

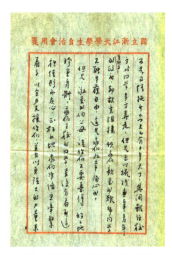

浙大学生会慰问信第2页

浙大学生会慰问信第3页

信中大意为：

自上周雅卿同学被捕的消息传来后，我们全校的同学好像是掉入了一个焦虑的深渊，惶惶不已。为了营救工作的快速展开，使雅卿同学早获自由，我们决定在当晚就晋谒校长，商谈营救的工作，当时校长也是非常的忧虑，像是关怀着自己的儿女一样，马上答应了第二天去省政府及特刑庭询问和谈保释的事情，可是事情拖到今日已有十多天了，期间虽然校方和同学多方奔走，但是以摧残无辜青年为能事的政府却故意阻挠，使我们亲爱的雅卿同学不能早获自由，这是我们非常痛心的。

但是敬爱的伯父伯母，请你们千万不要忧伤，好好地珍重身体，我们全校的同学并没有看到这种情形而灰心，我们准备更积极、更全力地支援你们，并且以更强大的力量为雅卿同学的自由而努力！

谨致最高的敬礼！

国立浙江大学学生自治会

十月十日

当时校方不仅声援我，而且为我聘请律师，准备为我辩护。我是1948年9月29日被捕入狱的，国民党政府在10月18日突然对我进行公开审判，而浙大校友会在之前也有觉察，因为从浙大校友会10月17日给我父亲的信中，便可了解校方一直在和特刑庭暗中角力。

信的大意为：

李老伯父尊鉴：

李雅卿校友以"莫须有"罪名被捕后，闻特刑庭在暗中提起公诉，全校师生对当局此项无理措施痛心异常，除竭力设法吁请各界支持正义，并循法律途径求得李雅卿校友早脱囹圄外。尚望伯父全家善自珍摄，专此奉达并颂健康！

浙大校友会全体校友同拜叩
十月十七日

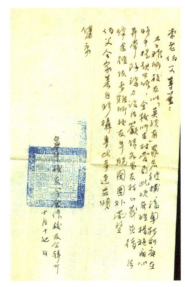

浙大校友会1948年10月17日给外公的信

然而国民党政府的特刑庭没有通知学校，以至于在律师没有到场的情况下，第二天就对我岳母进行了审判，以共产党的罪名，判她有期徒刑两年半。这个消息在 1948 年 10 月 19 日报纸上登出。

登载李雅卿被判刑的报纸

报纸登出消息的当天，立刻引起社会的不满，尤其是浙大师生及校长的不满，在竺可桢 1948 年 10 月 19 日的日记中，曾有如下记载：

余电特刑庭王庭长家楣，据云被告委请律师，须由律师向法庭声明，则不但公开审判，即预备审判亦须邀律师出席。余询以是否可以重开辩论，渠以为如经律师申请，可以考虑云云。

我的同学则一批又一批地到监狱来看我，并把一封封信塞给我，给予我莫大的精神鼓励和支持。

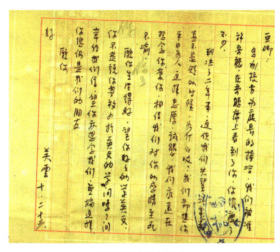

同学送到狱中的信

这是同学到狱中看我时，塞给我的一封信，其大意为：

雅卿：经多方面与庭长接洽，我们被准许旁听，在旁听席上看到了你，你消瘦了不少。判决二年半，使我们很失望，这是不短的时间，为什么呢？我们都想你平日的为人这样忠厚、诚恳，我们永远在想你爱你，相信我们对你的感情生死不渝。……

更使我感动的是，就在10月19日当天，竺可桢校长给我亲笔写了一封信，通过我的同乡探监时将信带给了我。出狱时此信就带在我的身上，一直保存至今。现在已有六十四年，这该是历史文物。

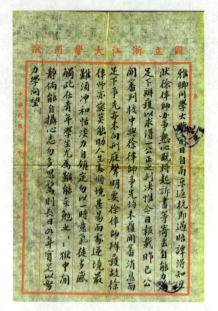

竺可桢校长写给李雅卿信第1页

竺可桢校长写给李雅卿信第2页

竺可桢校长给我亲笔信的大意为：

雅卿同学：前日自南京返杭即遇晤谭得知近状，徐律师办事热心，既将起诉书等寄去，自觉有能力为足下辩护，以求得一公正之判决，唯今日报载昨已公开审判，校中与徐律师事先均未获开审消息，而足下事先亦未向刑庭声明要徐律师辩护，故徐律师亦爱莫能助。人生处顺境甚易而处逆境最难，须冲和恬淡力自镇定，勿以一时意气徒多感触，此在青年学生尤为难能矣，勉之：狱中闲静倘能自摄心志勿多思惊则长日如年实足以努力学问。望足下静心自爱，多读平生欲读之书，或可于此悠然有得，固足以增长学业善自消遣之一法也，嵊县同乡即嘱训导处转知此颂

大安

友生竺可桢 启

十·十九

校长的信给了我莫大的鼓舞，我在监狱里一遍又一遍地读着，而同学们的声援也给了我力量，我对判决已表现出无所畏惧了，但多少还是担心父亲会不会承受不了这突如其来的打击，没想到父亲也托小妹捎来了亲笔信。

父亲当年用毛笔给狱中的我写的信保存至今，大意为：

雅卿吾女入目，接昨信知已受审，终鉴定廿三日宣判，现在校方要求特刑庭定期再行公审，更聘徐鲍二律师出庭辩护（据称律师须向特刑庭早登记），且已登记，大约能准，如所请再度公审尚未可知，望吾儿安心静候是耳。

父字

十月廿一

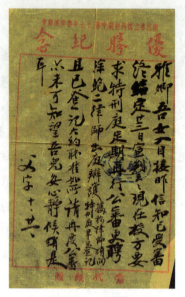

李作尧给狱中李雅卿的信

既然父亲要我安心静候，竺可桢校长要我静心自爱，多读平生欲读之书，我的心也趋于平静，这在我被判决两三周后从狱中给家中的一封信里，便可看到我当时在监狱中的平和心态。

李雅卿判决后从狱中写给家中的信

这封信写于 1948 年 11 月 8 日，那天正是我判决后的第 20 天，我在一张发黄了的纸上，用墨水笔写了这封信，居然保存到今天，实为珍贵。信的大意为：

父母亲：

邮票、菜、针已收到。

特刑庭判决书已送下，下星期接见时可带交与父母亲过目，书上除写明有期徒刑二年半外，尚剥夺公权二年。

请父母带下列物品：

复写纸（在箱子内，硬壳面中）、钢笔、墨水。

初中第一册国文书如数带下，以供难友补习用。

近闻国内局势有迅速之变动，想来物价将更加飞涨。在监狱内倒可无虑衣食，且亦安全，但愿早见天日，恢复自由。

女儿

十一月八日

那时国民党政府危机四伏，濒临灭亡，社会上物价飞涨，民不聊生。我反而觉得在监狱里待着不愁吃穿，感到很安全。我向家里要来笔墨和课本，帮助难友们补习文化，生活感到悠哉游哉，因为我相信学校和同学会营救我，他们一定会为保释我而竭尽全力的。

第十六章

　　1949 年 1 月 27 日对岳母来说是个永生难忘的日子，是个特别值得纪念的日子，因为这一天，岳母出狱，重获自由。而这一天，对我来说也有着重要的意义，因为这一天正是我的出生日。

　　1949 年对于中国来说，社会正发生翻天覆地的变化。蒋介石在战场上的失败，使美国人失去信心，总统杜鲁门想在中国换马，以李宗仁取代蒋介石。1948 年 10 月，美国驻华大使司徒雷登向国务卿马歇尔建议：“劝告蒋委员长退休，让位给李宗仁。”

　　蒋介石此时嫡系军队在淮海战役中几乎丧失殆尽，白崇禧统领 40 万大军于武汉，与两广相呼应，大有操纵整个中南之势。桂系以武力迫使蒋介石下野，李宗仁以副总统代理总统职位，桂系又一度名义上掌握了南京国民党政府的中央政权。

　　蒋介石在 1949 年元旦，突然发表向中共求和的声明，要求“和谈”。他放此烟幕，旨在争取喘息的机会，企图以三个月到半年时间，组织编练 50 万军队，负隅顽抗。蒋介石在 1 月 21 日以“因故不能视事”为名，宣布“引退”，总统职务由副总统李宗仁代理。

　　1 月 24 日，刚上台的李宗仁命行政院发布以下指令：（1）把全国剿匪总司令部改为军政长官公署；（2）取消全国戒严令；（3）裁撤戡乱建国总队；（4）释放政治犯；（5）解除报章杂志禁令；（6）撤销特种刑事法庭；（7）通令停止特务活动。

当时李宗仁虽在台上为"总统"，但并没有实权，他不过是起到"施放求和烟幕弹"的作用，因为蒋介石仍在台下掌握实权，控制国民党政府的全局，比如所谓释放政治犯，全国各地并没有放，然而唯独杭州却开了一个口，随即又被关上，这与时任浙江省主席陈仪不无关系。李宗仁是1月24日发布释放政治犯的指令，岳母即在1月27日由浙大校方保释，随后她在外公的帮助下，利用这一政治"缺口"，通过"铺保"的方式又营救了几十位狱友出狱。

岳母向我讲述了她出狱的全过程。

1月25日，我就在狱中接到了同学的通风报信，我有可能被保释出狱：

保释前夕一位原保育院的同学为李雅卿报信

这是一位原保育院男同学周肇基在我正式保释前，给我捎来的一封短信，信中说到：今日政府已正式下令释放政治犯及撤销特刑庭，不日你当可重获自由，我在此预先为你祝福！并祝健康！

浙大学生迎接李雅卿等出狱

从竺可桢的日记中可读到保释的过程。1949 年 1 月 24 日，竺校长写道：李浩培来，欲校中出函与特种刑庭王家楣，保释在狱之李雅卿、吴大信、郦伯瑾、黄世民、陈建新等五人。1 月 25 日，午后至模范监狱晤吴大信、李雅卿、郦伯瑾、陈建新、黄世民等五人。今日报载政府将释政治犯，停止特务，并各大城市解严，恢复各种停刊之报纸。校中已去函特种刑庭请保释吴大信等。余与吴大信等谈片刻即出。1 月 26 日，晨间学生包洪枢、寿纪仁来，云将集体往迎吴大信等出狱。余告彼等谓今日虽特种法庭允交保，但是否能释不可知。但渠等性急，昨晚已开会议，决定去迎接。晨间满处拉人，但总数亦只二百余人，……而事先陈公洽已允王家楣五人可以交保，故特种刑庭遂允保释。但学生排队而往，沿途在墙上大写"还我于子三来"、"严惩战犯"等等标语。若与退伍军官及前方退回之兵士相遇，必相冲突。幸告无事。

从竺可桢日记可读到，1月26日虽然我知道有可能出狱，但那天我并没有被释放，然而性急的浙大同学们，有些按捺不住，大约二百多同学，走向街头，一路上游行、喊口号、贴标语，最后又到法院去质询。

浙大学生到法院要求释放被关押同学

竺可桢在1949年1月27日的日记中写道：晨七点起。上午与步青召集学生自治会代表包洪枢、左大康等七八人，责以昨日去第一监狱保释吴大信、李雅卿、郦伯瑾、黄世民、陈建新等五人，校中集队去之学生二百余人。

那一天，我作为政治犯正式被释放。李宗仁上台，1月24日即指令释放政治犯，时任浙江省主席陈仪立即执行，我若不是被释放的第一人，也该是被释放的第一批政治犯。因为我至今还保存着当年杭州通讯社编印的号外，上面写着：

杭州特刑庭首次释放政治犯——李雅卿恢复自由。

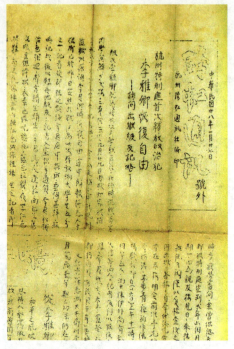

当年释放李雅卿时杭州市内发的号外

　　我清楚地记得，那天狱警通知我今天可出狱，我换上相对干净的衣服，梳理好自己学生式的头发，等待出狱。这时我听到监狱外已是人声鼎沸，并且听到了我亲爱的同学们在不停地喊口号："释放政治犯！自由万岁！李雅卿好样的！李雅卿我们想念你！"

　　我们五个被释放的浙大同学终于办完了出狱手续，开始从监狱的铁门走出，这时同学们欢呼起来，并且潮水般地涌向我们，将我们五位同学高高地举起来，放在肩头，我也被几个女同学举起来，并且受到了英雄般的礼遇，那一刻是终生难忘的，因为从此我获得了自由。我的小妹李素贞在她的习作《往事》中，对当时释放前后家庭的喜怒哀乐有过详细的描述：

李雅卿等出狱时受到英雄般的礼遇

1949年春节前夕，天还很冷，浙大的学生来告诉父母，说明天就放人。全校学生准备前去迎接，一切事务由校方负责办理，告诫父母只须待在家里，耐心等待亲人到来即可。这令人振奋的好消息，做父母的哪里能按捺得住？所以一早起来，忙这忙那，匆匆吃早饭，父亲就带我上路了。到了那里，只见大学生们已经把监狱门口围得水泄不通，敲锣打鼓，扭秧歌，喊口号，发传单，演活报剧，真是一片热闹景象！

有几位认识父亲的学生告诉我们说，正在办理手续，因为另外还有几名被捕学生今天一起出狱，所以办得慢一点。一会儿，我和父亲就被引到监狱对面一块不大的空旷地，有人拿来一条长凳子，让我和父亲坐下。所有的学生便围成一个圈，唱呀跳的，还有许多过路行人都站住看热闹。父亲50多岁，还是第一次经历如此动人的场面。我们俩兴奋而焦急地等待着。

九点左右，只听见监狱里面鞭炮大作。队伍里有人涌向门口，随即欢笑声、锣鼓声、口号声融成一片。大家把救出来的同学举得高高的，前面几位是受"于子三事件"牵连的男青年，后面就是三姐。大家争着和他们握手，他们把我和父亲推到三姐跟前，互相看了看，就又把三姐抬走了，我们只得慢慢但却是高兴地走回家。

大学生的游行队伍走在我俩的后面，队伍经过我家门口时，特地放了许多鞭炮，以示庆祝，并且放下三姐，让她进门跟父母说了几句话以后，三姐又被高高举起。这支浩浩荡荡的队伍勇往直前地开向于子三墓地，去告慰英灵，我们关押的同学终于获得了自由！我们胜利了！

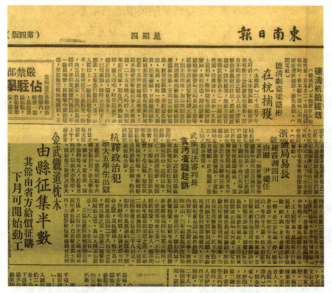

当年报纸登载的李雅卿等五名浙大学生被释放的消息

第二天，《东南日报》登载了岳母被释放的消息："杭释放政治犯——浙大五学生出狱"。这一政治事件不仅在杭州乃至全国都产生了很大影响，在蒋介石集团内部也引起恐慌，后来陈仪被软禁，与释放这五名大学生似乎有关。我在网上发现一篇记述竺可桢在解放前夕躲避国民党留在大陆的文章中有过这样一段文字：

竺可桢确确实实感觉到了危险。在这一年的2月，他得知浙江省主席陈仪被免职的消息。陈仪一向对浙江大学学生多有照顾，这让竺可桢"心里极为不安"。特别是听说，陈仪的罪名之一，就是因为此前浙大5名学生被释放时，学生们沿途游行并贴标语，结果被特务们报告上去，说陈仪对学生们的行为不闻不问——这让竺可桢不能不联想到自己，他对学生的"纵容"在国民党当局中是有名的了。

然而不管怎么说，1949年1月27日对岳母来说是个永生难忘的日子，是个特别值得纪念的日子，因为这一天，岳母出狱，重获自由。而这一天，对我来说也有着重要的意义。我现在能怀着极大的激情为岳母书写这段历史，或许是因为我和岳母之间有着某种缘分，因为这一天正是我的出生日，虽然不是出生在杭州，但却是离杭州不远的上海。

第十七章

延安路 195 号（原延龄路 25 号悦来商店），杭州临
解放时李作尧先生曾以此店为铺保，救出杭州第一监狱
四十多名"政治犯"。

岳母等五位浙大同学的释放，反映了当时国内形势的特点，
即李宗仁出任国民政府代总统，承诺进行国共和谈，释放"政治
犯"。当时陈仪任国民党浙江省主席，受中共地下党影响，甚为
着力于这项决策的兑现。浙大校方便迅速将关押在小车桥第一监
狱的五名浙大学生（其中有于子三案的）一举保释出狱，为真正
释放"政治犯"开了个好头。出狱后，岳母不忘在狱中与她建立
深厚感情的狱友，利用当时这一暂时宽松的政策，积极营救其他
狱友，她说服了外公外婆进行合作，利用他们的店铺，先后保释
出了四十余名狱友，她接下来为我讲述了许多动人的故事。

我出狱后第二天就去第一监狱探望我同室的难友们，当杨志
行大姐见到我时，紧握我的双手流下了热泪。她说："我真替你
高兴，可是不要忘了我们呀！监狱里还有很多'政治犯'难友，
你们也要帮帮他们呀！"她当即拿出写好的一封信，是给浙大学
生自治会的，她让我转交，希望能设法营救他们。我在狱中和杨

志行的接触中，知道她是游击区的领导，在监狱的共产党人中，她的地位应该是最高的（解放后，她是宁波地委妇联主任，她的丈夫王起是地委书记，后任浙江省副省长），所以我深知这封信的重要。

我到浙大将此信交给我以前的 Y·F 的联系人丁澄中（他和我同在教育系）。几天后，丁澄中对我说，信已交给了学生会，但因狱中其他"政治犯"难友不是学校系统，浙大不好出面，所以只能另想办法。

于是我又去第一监狱探望杨志行同志，对她说了浙大的答复意见。当然，她是理解和谅解的。杨志行说可设法与自己的组织联系，她已了解到要保释出去必须有铺保才行，她问我："你父亲的店能替我们铺保吗？我们同案有十多个人呢！"我说："我家是个小杂货店，就我家人自己经营，不过在杭州年代已久，有正式营业执照，有店章，我父亲也有私人章，肯定有资格保释的，应该没什么问题。你要他们找我家做铺保好了。"我还对她说，你可以把我家的地址"延龄路 25 号悦来商店"告诉女监和男监的其他"政治犯"难友，他们在杭州找不到铺保，就到悦来商店来，我会让父亲李作尧担保的。

外公李作尧

我做好父母的工作，对他们说，"政治犯"都是好人，我们一定要帮他们，这是真正做好事，是救人，冒点风险也是值得的。我父母极富同情心，所以完全心甘情愿做这件事。

我出狱后，常有便衣跟踪，感到在家住不安全，夜里就住在浙大宿舍，白天回家常有几位同学陪伴。我估计会有狱中难友经常来找我家铺保的，就对父亲详细交待，要父亲一定要利用目前有利形势尽量救人，凡"政治犯"来找我家铺保，法警拿具保单对保时，你就都盖章，不管认识不认识；给法警一点小费，可办得顺当些；保释出狱后，他们组织上没有派人来接，也没有家里人来接，就先让他们住在我家。自己可以回去的，给他们路费；女监尚未保释出来的难友，我让父亲和妹妹继续给她们送菜和食品，并为她们传递信息给亲友，同时接待他们的亲友来我家落脚。

李雅卿同学裴喜曼

我家经济不宽裕，家里开的小杂货店，由父母自己经营，我妹妹小学毕业后辍学在家帮忙，家中自感囊中羞涩。此时此刻，为了保释和安置狱中难友，要有很多花费，故我不得不到一个中学同学裘喜曼工作的银行里，请她代我借贷一笔钱（她作为本银行职员贷款利息很低），贷到后，我就把钱交给了父亲。这为父亲施行铺保和照顾难友提供了物质保证。我的同学裘喜曼虽然学习并不冒尖，但心地善良，对我家的帮助最大。她已在20世纪80年代病逝，我怀念她。

郭秋娥是我同室的难友，她带了一个两岁的儿子，叫龙龙。她的丈夫姓赵，是诸暨游击区的队长，敌人抓不到她丈夫，就把她和儿子抓来判了刑。我很可怜她们母子俩，经常让父亲带来米糕、煮烂的肉和鸡蛋给孩子吃。我出狱后很惦记她和她的儿子，就去探望郭秋娥，问她和家乡联系上了吗？有人会来保你吗？她说没有。我又问她，狱中女监政治犯还有谁？她说还有王熊氏老太太、张志芳、余柏静、方玉梅等几个人。过了一段时间，还是无人保释郭秋娥，我对父亲说了此事。父亲知道有一个女政治犯还带个儿子，也很同情她。我说实在无人去保她，那我们替她想想办法吧！

我的另一位狱友陆子奇，她也是游击区的领导，我和她在监狱里无话不谈，后来成为生死之交。她曾介绍一位叫沈醉渔的伯伯和我父亲认识，沈是游击区的革命烈属，他有几个子女在游击区英勇牺牲。沈伯伯在杭州当教员，交游很广，与我父亲一见如故。父亲与他商量替郭秋娥搞保单的事，沈伯伯终于托人弄到了，由我父亲当铺保，就先把郭秋娥母子保释出来了。但是去诸暨的交通已被截断，于是就让她母子住在我家里，直到解放后，父亲给她买了车票，让她二人回到家乡。后来她的组织特地派人到我家致谢。

关于"沈伯伯"，我的妹妹李素贞在她的习作《往事》一文中，对当时发生的事情有过较详细的回忆和描述：

1949 年，随着解放战争的节节胜利，国民党内部混乱不堪，老百姓奔走相告大军胜利的好消息，大军渡江势在必行。在此期间，父亲认识一个我称他为"沈伯伯"的人，40 多岁，看上去非常精干。父亲视他如圣人，闲谈间给父母带来很多希望和欢乐。每天下午 3 点左右，沈伯伯要是不来我家，父亲就去他家里。回来后，总见他笑容满面地跟母亲在低声嘀咕些什么。总之，父亲和沈伯伯之间的关系非常密切和融洽。

这大约就是父亲接受新思想，对共产党有好感的开始吧，进而发展到后来在关键时刻，不顾个人安危，大胆地保释出一大批在押革命志士和共产党人的革命行动，这与沈伯伯的宣传和教育有很大的关系。国共谈判，释放政治犯的消息传开后，浙大校方和沈伯伯来我家更加频繁，其中有些事令我终生难忘。

记得是 1948 年冬天的一个下午，沈伯伯来我家，并带来一人，此人看上去土头土脑，头发剃得光光的，穿普通农民常穿的蓝布长衫，操一口地道的诸暨口音，还送给我家一大篮子金橘，说是自己家乡种的东西。我们心里当然高兴极了，因为毕竟让我们大饱了口福。

父母亲很诚意地留他俩在家吃饭，沈伯伯说他就住在我家隔壁的清华旅馆，饭是包的，父母亲就没有强留他们。说一阵子话以后，他俩就要告辞回旅馆，父亲客气地说："有空请常过来。"没想到此人却轻声地说："我带着收音机，没事来听一听。"他俩走后，精明的母亲小声对父亲说："一个种田人哪里会住得起这样的旅馆，还带着收音机？"

父亲一贯忠厚，凡是沈伯伯说的和带来的人，他都坚决相信，从不怀疑。此人后来到过我家里几次，有几次沈伯伯来，都是从他那里再转到我家的。不久，此人就消失了。我想他应该是共产党的一位负责人。

当时杭州的形势非常紧张，因为1949年2月7日蒋介石下令把浙江省主席陈仪实行软禁，所以"释放政治犯"的大门刚刚打开，马上又有关闭的趋势。因此那时的地下党全力活动，争取营救更多被关押的共产党人和进步人士，因为任何垂死的反动当局，在垮台之前，是必定要杀人的。而抢救狱中的同胞不仅是挽救生命，也是为建设新中国留下宝贵的干部财富。我们在《红岩》这部小说中，也许能够感受到这种惊心动魄的生死之争。

于子三被杀害在保安司令部监狱，据说都是毛万里干的。毛万里时任浙赣铁路局警务处处长兼军统浙江站站长，是军统保密局局长毛人凤的胞弟，他曾在美国受过特种训练，是个杀人不眨眼的刽子手。解放后，《东南日报》报道在杭州郊区发现了两个尸坑，说明了发生在重庆渣滓洞的大规模监狱屠杀事件，也曾发生在杭州，可见当时营救难友们出狱是件多么紧迫的事情啊！

岳母说，那时她对杭州的这场博弈虽然不能全面了解，但能感到地下党已经打入国民政府的特刑庭，正在里应外合营救我们的同胞。但特刑庭释放政治犯，并不是随便放，当局是有条件的。哪个放？哪个不放？全由特刑庭审判决定，而特刑庭掌握的最底线就是要"铺保"。因为人保是不可靠的，担保的人无论地位多高，都可能随时消失，而铺保是跑不掉的，即使铺主跑了，店铺还在，即所谓"跑了和尚跑不了庙"。因此铺保的担保人，要担负极大的责任，不仅自己随传随到，被保的人也必须随传随到，可以说是冒着生命危险的，又何况担保的都是共产党人，如果国民党追查起来，必定是要杀头的。

我记得，那时法警经常拿着保单到我家对保，父亲马上会非常客气地拿出悦来商店的章子，在保单上盖章，然后偷偷塞给法警几包烟和一些钱。与杨志行同案的周益民出狱后，同案还有另外九个人需要我父亲保释，周益民说他的组织上已买通了特刑庭长答应释放，但法院有一条死规定：必须有铺保。经我父亲同意，法警即来对保，我父亲在保单上盖章后，那九个人就出狱了。他们离杭时，其中有几个人特来我家致谢告别，这九个人都是平湖地区的。

父亲生前在"文化大革命"中，曾经应我的要求追忆过那段经历。他写了满满四页纸寄给我。内容大意是：

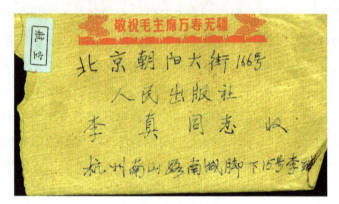

李作尧寄给李真的信

平湖九人是周益民（诸暨人）来同我讲的，叫我代保。而周益民也曾被捕，关在第一监狱男监，判处无期徒刑，刚刚放出来。他同杨志行、王凤仙、郝秀婉一道，但他最早出来。周益民同我讲要保平湖九个人，当时迫不及待，他持有法院袁庭长的批示，并有两名法警同来，保单也随身带着，就在我店书写，然后盖上我店图章，便匆匆交与法警，说这些人要赶火车，所以办得这样急，共保了九个人，因为办得匆促，保单上的姓名我都来不及细看，自然也没有记住他们的姓名，就匆匆交给了法警，连对保的过程都省去了。他们这样做是因为有袁庭长在撑腰才可，否则是做不到的。

周益民与袁庭长的交道是有渊源的，袁庭长的夫人与周益民同是诸暨人，且这位袁太太当初大概在诸暨当过教员，据说是周益民的先生。至于说袁庭长何处人，是诸暨人还是杭州人，我就不得而知了。他系在杭州高等法院当庭长，人家说他很爱钱。周益民可能是利用这一点，郭秋娥和周益民也是同乡，也是通过袁庭长的关系，但缺乏保家，后来也是通过我保的，他的男人是游击区的头。

　　保状都是千篇一律的官样文章，最重要的一句，就是被保人随传随到，而保人是要保此一项。浙东游击区来我家的人有过好几个，都记不起来，惟记得沈先生带来一位顾先生，系宁波商会会长，他来时总是住在我们隔壁的清华旅馆，有时还会把收音机带来，他是专门为营救被捕关押在狱中难友而来，他会给我一叠叠钞票，说这钱尽管用在狱中难友身上，如不够可打电报问他要。说一我就汇一万，说二我就汇二万，说十我就汇十万，因为那时虽然杨志行等几个人已出狱，但还有陆子奇、王熊氏等还未出狱。

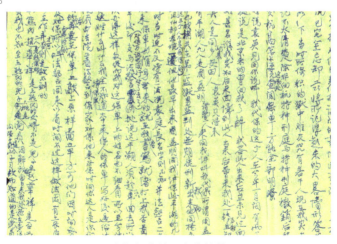

李作尧生前写来的信笺

有两个不知名的人，出狱后便到我处，他们说家属曾想尽各种办法营救他们，始终没有成功，他们已近乎绝望，这次突然获得释放，弄得他们也莫名其妙，他们出狱后到沈醉渔处，才知是因我铺保，特来谢我。

我家陆续分批保释的"政治犯"中，有一部分是我在狱中认识的或通过熟人介绍来的难友，另有一部分是知道我家地址的男监"政治犯"，这些人的姓名和人数，我父亲都记不清了。但我还是能记住一些人，比如浙大同学、同乡袁英见带了一个朋友来问我，能不能为他朋友的亲戚"政治犯"当铺保，我说可以。我即告知父亲。后来袁英见陪了他朋友到我家见了我父亲。不久，法警去我家对保，那位"政治犯"就被保释出狱。此人是嵊县安田人，他出狱后曾来我家致谢。

湖滨一家文化公司的一个年轻职员，我常去该公司批销进步书刊，他被捕后，也关押在第一监狱，他由我父亲保释出狱，特来我家致谢。男监"政治犯"一个姓朱的青年，我不认识他，他可能在狱中知道了我家的地址，找我父亲具保出狱的，后来我和他曾见过面。杭州解放后，他参加了南下工作团，曾从福建来信向我家问候致谢。

有一个山东人和一个宁波人，也都是关押在第一监狱男监的"政治犯"，被我家保释出狱后，来到我家向我父亲致谢，说他们的亲友曾经分别在杭州和上海想尽办法保释他们，均未成功，后来是沈醉渔伯伯给他们弄到了保单，由我家铺保出狱的。我父亲说，当时小车桥监狱的法警确有几次来我家对保，但他并不认识被保的人，也不知其名，既然是"政治犯"，都是好人，就一律盖章。这两个人应该是父亲在信中说到过，专门到家里致谢的记不清名字的人。

方玉梅是狱中女"政治犯"，据说她从浙西淳安抓来，特务对她施以酷刑，她精神不正常，蓬头垢面，衣衫褴褛，疯疯癫癫，记忆不清，从来没有人来探望过她。我父亲知道有这么一个女"政治犯"，在我去游击区后，父亲把她也从监狱里保了出来。父亲认为方玉梅毕竟是个"政治犯"，太可怜了，这个方玉梅在我家住了一段时间。沈伯伯是个热心人，他和我父亲一起想了很多办法也无法安置她，最后到原来的司法机关查实了她的来历，给她买了车票，托人带她回了老家淳安。我小妹在她《往事》一文中，对方玉梅和其他保释出来到我家的人有过详细的描述：

　　还记得由沈伯伯亲自带来我家的有一位女性，30岁左右，叫方玉梅。此人给人的感觉是有点傻，说是安徽老家。被捕前以要饭为生，据她本人说是莫名其妙被抓进监狱，并被当成"政治犯"，国民党把她当成了"装疯"，所以施以吊打、灌辣椒水、电棍、坐老虎凳等所有的酷刑。她伸出手给我们看，只见她的十指都变了形，真是令人心酸。她根本不懂什么政治，更辨不清国民党、共产党谁是谁非。她父母早亡，老家有个哥。我的父母亲非常同情她的处境，就和沈伯伯商量着让她在我家多待几天。

　　住了半个多月，发现她常常出去逛街。弄得我们经常为她的安全担心。所以后来沈伯伯和父母一再商量，觉得她还年轻，又没结过婚，送回老家去的话，她哥也不能养着她，就主张为她找个对象，让她有个归宿，就把这主意告诉她。她一听，很同意。几天后，沈伯伯带来一位在他家附近开水果小商店的男青年来我家相亲。两厢情愿以后，当时就把人带走了。

　　没想到十几天以后的一天下午，沈伯伯又带着满脸不高兴的方玉梅回到我家。父母都以为是回"娘家"呢。沈伯伯很为难地说，人家不想留她了，说她不好好过日子，还时常随便吃店里的水果，还有不少让人接受不了的缺点。人家表示，做小本生意的，养不起这么个人。母亲就好意数落她一番，她总是傻笑，也不生气，只好再住在我家，可这实在不是长久之计，眼看就要解放了，最后征得她同意后，给她买好车票，又给她一些零钱，托人将她送回老家去了。

1949 年 4 月，解放军渡江前夕，一天下午，我正要出门，有人过来打听延龄路 25 号，认准后就进屋，谁知紧随其后的竟有十几人，都相继涌进屋来。前面几位进来，父母以为是顾客，就走进柜台相迎，往后一看，因店面小，人已站得满满。前面几位还亲切地叫："李伯伯！李伯母！"可是两老一个也不认识。经前面两位轻声跟父母说，我们是上午刚从"小车桥"监狱出来的，父母这才明白过来。

父母亲客气地让他们进屋坐，可我们家如此狭窄的店堂哪坐得下这么多人？他们只是热情地跟父母打着招呼，父亲连连向他们拱手笑着说："恭喜！恭喜！"这些人并没有坐下，很快就告辞离去。因为这伙人衣着不合时宜，都穿的长衫，剃着光头，脸无血色，谁都看得出来是从监狱放出来的，但他们个个精神十足。

事后得知他们是通过国共谈判条例，其中有"释放一切政治犯"这一条，再经沈伯伯百般努力，克服了重重刁难和阻力，由我们"悦来商店"做担保，都是父亲义不容辞盖上店章才得以自由的。他们这一批共有二十多位革命志士，此次前来道谢的只是其中一部分。

父母为他们能回家团圆感到由衷的欣慰。可是母亲有点担忧：在如此紧张的局势下，我们这家商店本来就是特务们的着眼点，如今又在光天化日、众目睽睽之下，突然出现如此一大帮非同寻常的人物，自然引起很多路人异样的眼光，怕有不速之客掺杂其中，怕家里再遭不测，总有点后顾之忧。然而父亲却很坦然地说："这是公开的秘密，遵照政府许可的条件、政策办事，这个理能走遍天下。"并安慰母亲不必担心。

郝孝婉和我住在一个牢房中，她也是地下党员，她和杨志行属一个案子，她带着一个五六岁的孩子。她是个小学教员，人品很好，为人热情，她和我一起教狱友识字，教大家唱革命歌曲。我们所住的第一监狱，被国民党政府标榜为"模范监狱"，常有人来参观，当看到监狱中有孩子，便提出质问："监狱里怎么还关着孩子？"所以郝孝婉带着孩子提前释放了，出狱后她先住到我家，我妹妹素贞在她的文章中也有记载：

记得很冷的一天上午，我家走进一位30岁左右的青年妇女，还领了一个五六岁的男孩，她以前曾是小学教师，据说她丈夫在解放区。不知是受何人的牵连，在国民党"宁愿错杀一千，决不放过一个"的恐怖政策下，半年前，她连同孩子被抓进监狱。因时局紧逼，国民党眼看就要崩溃，为便于逃跑撤离，便将部分即将刑满的刑事犯和像她这样尚未定案又拖拉着个孩子的极少数政治犯提前释放，其余的都将被带走。父母亲为她的侥幸脱离虎口而高兴，留她多住几天，可她觉得住在我家里会影响我家的安全，所以第二天早晨无论父母怎样婉言相留，她还是坚决要离开杭州走了，父母为她母子俩的安全着想，只好再三叮嘱，给了她些路费，并送她到汽车站。

后来相继出狱的有余柏静、陆子奇等很多人，他们都暂住在我家。还记得沈伯伯又先后带到我家三个人，有一位叫张志芳的女青年，也是小学教师，她很会梳洗打扮自己，显得年轻漂亮。

父亲一生有几位极知交的好友，他们对父亲的为人非常赞赏，对我们家庭发生的不幸深表同情，他们常来陪伴父亲，安慰他，知道他为人正直、善良，为革命不顾家庭和个人安危，做了大量好事，就诚意地奉劝父亲，要提防国民党政府狗急跳墙，不择手段，为安全起见，建议父亲到乡下去躲一躲。可当时的情况，孩子们都还小，母亲是小脚女人，家里这个千斤重担谁也不能为他分担，所以父亲只好用"跑了和尚跑不了庙，听天由命吧"等话来推托。在这段时间里，他尽量不离开这个家，即使去市内批货，也总是匆匆去，匆匆回，总怕家里发生意外，家里的一切让他提心吊胆，放心不下。

解放前，我家"悦来商店"门面小，资金少，我们姐妹多，父亲仅以此养家糊口而已，在杭州这条最繁华的延龄路上实在不起眼。解放后，我们这家不起眼"夫妻商店"的地位有了翻天覆地的变化，因为父亲曾在解放前夕救出了四十几条生命，成为杭州市远近闻名的"革命家庭"、"光荣人家"。每逢春节，总有杭州市政府组织的各单位、学校、街道等一批又一批敲着锣鼓、扭着秧歌的慰问队来我家慰问。有一次我记得是早晨八点刚过，杭州市立医院的一支慰问队把父母请去，围着他俩又唱又跳，引来不少行人羡慕的眼光，父母的心里感到无上光荣和自豪。那几年，各慰问队送来的慰问品就足足抵过了自己买的年货。

解放后，凡遇到杭州市开全省地方会议时，也总陆陆续续有人来探望父母，两位老人见他们个个都是国家栋梁，心里真是十分高兴。当然"文化大革命"期间，这伙人都被加上"叛徒"、"特务"、"走资派"等一系列罪名。据母亲告诉我说，在处理这些人的政治问题及清理阶级队伍那几年，父亲时常被街道派出所叫去接受当事人单位外调人员的调查。父亲总是说，当时只是出于一片爱国热情，联想到自己的儿子在解放区，多年杳无音信，不知死活；自己的女儿又被国民党当作政治犯抓进监狱；"可怜天下父母心"，当时我只是一心为了救人，因为那是几十条人命啊！至于这些人的其他情况，一概不知，只知他们是为革命而蹲监牢的，释放前后一切事务都是沈先生办理的，我只是在铺保的名单上盖上一个印而已。

我妹妹当时和父母住在一起，所以她能记得许多铺保的往事。而我能回忆起的都是在监狱中和我相处较多的难友。记得陆子奇即将刑满以前，要通知游击区组织，我当时正好由浙大保释出狱，便把她给游击区组织的信带出狱，按她指定的地址寄出。陆刑满出狱后暂住我家，等待游击区组织来人。几天后，有一个姓顾的人来我家见了陆子奇，此人名片上的身份是宁波商会会长，他住在我家隔壁的清华旅馆。他把陆子奇的情况搞清楚后，便给陆买了车票，让陆回游击区去了。这位顾先生后来留下来和我父亲商量营救狱中其他难友的事，同时为此事他在杭州活动了很多天。

1980.10.

我和夫人张朔旅行结婚时与外公李作尧合影

而最使我不能忘怀的应该是我的难友王熊氏，她和她女婿赵华祥都关在监狱，与他们的组织及家里都联系不上。我在牢房时，父亲给我送饭，知道老太太吃素，就专门给她做一份不加荤油的饭。我出狱后，妹妹一直还给她送饭送菜，故知她尚在狱中。王熊氏被判了十年，我离开杭州去游击区之前，对王熊氏很是放心不下，便对父亲说，王老太太和余姚家乡还联系不上，万一错过时机，恐有不测，我看不能等了，请沈伯伯再帮忙托人去弄保单，赶快把她和她女婿一起保出来。后来父亲找沈伯伯弄到了保单后，由法警到我家对保盖章，就把王熊氏老太太和她女婿赵华祥（被判无期徒刑）一起保释出来，但去余姚的交通断绝了，他们两人住在我家直到解放，通知她家后，那边很快就派人来接他们回去了。王老太太的一个儿子是游击队长，后为县长，解放后他曾身穿解放军军官装到我家专门来致谢。

1951 年，中央召开全国革命老根据地人民代表大会，王老太太作为老根据地人民代表来北京参加会议，受到了毛主席的接见。她来京前就打听到我在北京的工作单位和地址，她让大会服务员打电话给我，我专程到她住的宾馆看望她，相见甚欢，她高兴极了，最后从衣兜里掏出一个焐热了的苹果送给我，说是毛主席给她的，她舍不得吃，专门留给我的。这在当时来说，是一份最厚最厚的大礼，她发自内心的朴素表达，让我感受到了她对我和我一家真挚的感恩之情。

另一个我不能忘怀的难友是余柏静，因为她后来成为了我的嫂子。余柏静出生在有钱人家庭，如果填出身应该是富农。她走上革命，源于她家中的一个长工。这位长工名叫沈宏康，曾是宁波市新四军研究会的会长，做过宁波地委的专员，当过县委书记。他在余柏静家中做长工时，已是地下党员了，可是他偏偏看上了东家的这位"大小姐"，并且暗暗地追求过她，在绵绵情话中，自然也灌输了革命的进步思想。虽然他们的爱情没有转变成婚姻，但他们之间还是有一定感情的。余柏静尽管是富家闺秀，但与一位共产党员谈恋爱，也就不知不觉走入革命的队伍，她很早就是地下党的联络员，后来是联络站站长。

舅妈余柏静

我和余柏静关在同一个牢房，我们很聊得来，很快成为无话不谈的朋友。当我听完她的经历后，很佩服她。她和我这个大学生比起来，有较多的社会经验。当敌人抓住她时，她说我是来找男人的，我男人是游击队，我要劝他回去。两个特务押着她到县城，途经一个独木桥时，她突然把两个特务推下水，但不巧的是这两个特务都会水，结果她又被抓回来打个半死。最后余柏静被判了一年，关进监狱。

我出狱后，就通过父亲，用铺保将她保了出来，然后她一直住在我家。我父母看她人很实在又勤快，就想到我哥哥一直在解放区，还没有相中的女娃。我自去了游击区后，余柏静不久也去了游击区，所以最开始是我把父母的意愿同她讲的，最后又通过陆子奇说媒，使得这桩婚姻获得成功。

沈宏康和杨重光在慈溪游击区

舅舅唐丘和舅妈余柏静

我父亲李作尧虽然文化不高，但是个心地真诚善良、是非观念极强的人。我家的小杂货铺也曾销售过进步书刊，他也接触过一些进步人士。因为我坐牢，使他亲眼见到了狱中许多"政治犯"难友的境况，并深表同情。这是他能不顾白色恐怖的严重威胁，毫不考虑个人和全家的安危，敢于营救这么多"政治犯"的原因。

我父亲后来告诉我说，我家保出来的很多人不知其名，有一阵要他对保盖章的有好多，已记不清一共有多少人了，反正只要说是"政治犯"，他就来者不拒。新中国成立后五六十年代，我父亲早已搬家，不在延龄路住了，还不断有人通过居委会找到我家的新地址，有来专门道谢的，当然也有的是来开具证明的。

岳母所说的"开具证明"，以及小姨在《往事》中所提到在"文化大革命"中的外公，常被街道派出所叫去接受他曾经"铺保"出来的人的单位外调，因为这些人常常被打成"叛徒"，包括岳母也不能幸免。凡是经历过"文化大革命"的人都能理解，在那个"怀疑一切"的年代，那些激进者会问："你是如何出狱的？难道通过一个小小的杂货店就可以把你'保'出来吗？"

其实通过"铺保"营救监狱中的革命志士并不是一件稀奇之事。我从网上读到，刘少奇在 1929 年曾在东北的满洲被捕，在狱中刘少奇用假名与敌人巧妙周旋，最后案子被判为"证据不足，不予起诉，取保释放"。结果刘少奇便由一个"宝兴"小旅店以铺保的形式获得释放。关于铺保，岳母还有很多记忆，她想起外公自己曾因卖进步书籍而被拘留，最后也是通过铺保出狱的。

1946 年，我家已从嵊县迁回杭州，那年我十八岁，父亲因缺乏做生意的本钱，便在租赁的店面屋前摆书摊维持生活。这些书是从大书店批发来的，不需现款，卖完结账。我们所卖的书报中，有一部分是进步书报。

18岁的李雅卿

这年暑假，有一天下午，一个警察到家里来问父亲卖书报有没有营业执照。父亲回答说没有。警察说没有营业执照卖书报是违法的，便把父亲带到附近的警察局。我们全家等到天黑父亲还没回来，母亲很着急，叫我去警察局问个究竟，我和大妹便带着给父亲准备的晚饭同去。到了警察局，看到警察正在盘问父亲，说没有执照为什么卖书？书是哪里来的？谁叫卖的？那时我常常帮助父亲到书店去批发书报，了解其中的一二，便帮助父亲说话，并且留下来陪父亲。这时天色已晚，警察说你们的事要到刑警队去解决，便把我和父亲转送到了刑警队。

到了刑警队，刑警队队长亲自审问，问题都是一样的，我们照本宣科，又答了一遍，说卖书不要本钱，卖完结账，所以我们才卖书的，书都是从其他大书店里批发来的。然而刑警队长在查看从我家没收来的几封家信中发现了问题，其中有一封信是我哥哥寄来的，他 1943 年离家去苏北解放区，信是半年前寄来的，但信封上没有地址。老奸巨猾的刑警队长反复追问信的由来，父亲说是我哥哥寄来的，也不知是从哪里寄来的，他是个聋子，神经也有点不正常，我家庭经济困难，嫌他吃闲饭，说了几句不中听的话，他就赌气离家出走了，一直失踪在外，至今下落不明。刑警队长看实在问不出什么，就让我为父亲写一个文字材料，说交上去，听候发落。

李雅卿同学裴允华

第二天上午，我再到刑警队听候处理，刑警队长说，你出去给父亲找一个铺保，就可把父亲放出去。可我到哪里去找铺保呢？最后找到既是同乡又是同学的裴允华，她的父亲开了一个石氏眼科医院，我求她父亲裴伯勳作保，她父亲答应了，记得铺保单上是这样写的：今愿保释李作尧，并保证他今后无营业执照决不卖书，本人愿负全部责任。此保单签名盖章后，我立刻拿到刑警队，就把父亲领回家了。

我被浙大保释出狱后，找到学校原 Y·F 负责人丁澄中，请他转告组织上设法营救狱中的难友，但请示组织后，告诉我由浙大出面保释他们有困难，让我另想办法，后来我只好说服父亲，以我家店铺名义，先后保释了难友四十余人，其中多数人被浙东游击区派人接走了，而我也最终去了游击区。我记得保单上的内容是这样写的：

第一监狱被判徒刑某某是我亲戚（或朋友），今愿将其保释出狱，今后狱方如要传讯，保证随传随到，否则愿负全部责任。

李作尧 签名 盖店章

在这本书中，我专门陈述了当时特殊的历史背景，应当不难认识到做出这件惊天动地大营救的可能性。在一个特定的历史环境下，当时只有 21 岁的岳母在善良的外公帮助下，能够在两三个月内，协助地下党从监狱中救出了四十多条生命，使他们在解放前夕免遭已经穷途末路但却穷凶极恶的反动当局的杀害。

岳母找到当年延龄路25号的悦来商店旧址

这一事件与一个家庭紧密相连，鲜为人知。而这一可歌可泣的事件又长期被"叛徒"的恶名所掩盖着。如今我正是要通过岳母的口述和她提供的珍贵资料，以及我从网上获得的史料，还历史的本来面目，将这一发生在杭州解放前夕的救助生命的动人事件详细地告知于世。让我们对已是高龄老人的岳母和已逝去的外公致以崇高的敬意。

岳母在十年前，曾专门到杭州去寻找"悦来商店"的旧址，原来的"延龄路 25 号"变成了现在的"延安路 195 号"，而"悦来商店"则变成了茶叶店或宝石店。岳母站在当年的"悦来商店"前照了一张相，这应该是一张历史的照片，在照片上她言简意赅地记下了这个不凡的事件。那么就让我们把这张照片当作一块历史的丰碑吧，写在照片上的那几行字该是这丰碑的碑文：

杭州延安路 195 号（原延龄路 25 号悦来商店原店址为图中茶叶店或宝石店），临解放时李作尧先生曾以此店为铺保，救出杭州第一监狱四十名以上"政治犯"（共产党游击区革命干部和群众）。

第十八章

> 岳母在慈溪的山区打了半年游击，重新加入共产党，这个时候全国解放了，在她面前立刻展现出前程似锦的未来，那是岳母一生中最美好最值得回忆的时刻。人民大学俄文系实验班张开臂膀欢迎这位从游击区走来的女共产党员。

1949 年，对于每个中国人来说都是一个极为重要的年份。我把这一年看得如此重要，并不仅仅是因为我出生在那一年，而是因为中国社会在这一年正经历着翻天覆地的变化。社会从落后走向进步而引起惊天动地变化的便是革命。生活在那个时代的有志青年，必然是热血沸腾地投身到这一革命中，并且冲在革命的最前列，才能成为时代的骄子。

我的岳母，那一年只有 21 岁，但她所做出的勇敢行为，在我看来是一个奇女子，是个了不起的革命者。在学生运动中，她因积极参与而成为共产党人，之后被捕入狱四个月，又因革命形势的推进，在浙大校长竺可桢和同学们鼎力声援下，使她提前保释出狱。出狱后，她又在她父亲的帮助下，营救了四十余名政治犯难友。然后她便毅然地奔赴游击区，成为一名勇敢坚强的女游击战士。

面对当年参加过学生运动、坐过牢、又打过游击的岳母，我不能不肃然起敬，怀着仰慕之心听她讲述在游击区出生入死的故事。

　　我在狱中时，就请求过陆子奇、杨志行，将来如能出狱，一定要让她们带我去游击区参加革命。我出狱后，在营救诸多难友出狱的同时，就写信给已去浙东游击区的陆子奇要求打游击。她出狱后在回到浙东游击区之前，住在我家，当时我就要求她带我去游击区，所以她给我留下了联系地址。陆子奇那时是慈溪县工委的组织部长，她接到我的信后，将我的要求在县工委会议上提出，介绍了我在狱中的表现，经审查同意后，她随即派交通员阿南哥，特来杭州接我到了慈溪，使我正式上山参加了游击队。

岳母与陆子奇（左）1949年摄于游击区

　　这个游击区是著名的四明山游击区。四明山游击根据地是浙东游击区的基本区，根据地最大时，发展至拥有 16 个县级政权，

1万余武装部队。解放战争时期，四明山是江南七大游击区之一。

四明山游击区，孤处敌后，据宁沪杭甬战略要地，是国民党统治区的心脏地带，更是蒋介石的老家，游击队就在奉化溪口方圆不过百里范围内与敌周旋，像一把锋利的匕首，深深插入敌人的要害部位。对于四明山革命根据地，当地群众这样赞扬它：

四明山有多少高？八百里方圆二十里高！

四明山有多少牢？钢墙铁壁千万道！

四明山用啥格炮？铁头砂子檀树炮！

四明山用啥格刀？红布须头阔背刀！

四明山有啥格妙？专打"皇军""和平佬"！

四明山，为谁好？帮助穷人斗土豪！

四明山，谁领导？共产党里有朱毛！

我是一个学生，初到游击区，没有发给我枪，但给了我一颗手榴弹，同时告诫我，如果遇到敌人就和他们同归于尽。因为我们这个游击区逼近蒋介石老家，所以国民党政权常常调集大批军队，对我们围追堵截。为了求得生存的空间，我们游击队飘忽不定，灵活机动，不管是刮风还是下雨，几乎天天夜晚爬山转移，很少在一个地方驻留一天以上。生活十分艰苦，吃饭有一顿没一顿，常常只是咸菜下饭。夜晚，找一块干净的地方，铺上稻草，和衣而卧，也不脱鞋，以便有情况能一跃而起投入战斗。

当时我被任命县委干事，紧紧跟着陆子奇，几乎是寸步不离。有好几次，我们被敌人包围，都被我们突围成功。记得一次，我们正在开会，老百姓来报信："黄衣裳（国民党军队）来了！黄衣裳来了！"我们即刻撤离，但还是被敌人慢慢逼到山头，我们几乎跑不掉了。陆子奇手握一把盒子枪，她对我说："如果我们万一跑不出去，我先开枪打死你，然后我再自杀。"我说：
"行！"

那时已把生死置之度外，我看到山有一面比较陡峭，好像没有敌人把守，就向陆子奇建议从这里突围，然后我就第一个从山上滚了下去，大家抱着不怕牺牲、决不当俘虏的决心，也学着我从山上滚下来，只听得后面枪声四起，但我们毕竟带着满身伤痕从敌人的虎口中逃了出来。记得，当时有个从台湾来的同志，中枪后躲在树丛中，终因流血过多而牺牲。而另一位同志，躲在荆棘丛里，未被敌人发现，直到第二天，我们找寻她时，才被救出。我在游击区的生活虽然只有半年，但确实是冒着枪林弹雨、出生入死的生活，令我终生难忘。

陆子奇和赵士忻

我在杭州被捕后即中断了与浙大地下党的关系，为了恢复党籍，我找县委书记杨展大，和他谈了如何解决我的党组织关系，他先让我和浙大原地下党组织联系。我打听到许良英同志是当时地下党负责人之一，并获知他在杭州工作的地址（我记得是青年路8号），便写信给他，但没有任何回音。于是我只得在游击区重新入党。

此次入党，首先审查了我的被捕问题。当时陆子奇是县委组织部长，还有狱中的杨志行也是地委妇联主任，她们二人都深知我在狱中的表现，向其他领导专门介绍过我的情况，并对我的表现给予充分肯定。还有一些由我家保释出狱的难友回游击区后，也向组织介绍了我救助难友的情况。此外，我去慈溪游击区后，不怕苦不怕死的表现，在几次突围中毫不动摇，我的勇敢行为更是可圈可点，获得大家一致的好评和认可。1949年8月慈溪县委党支部大会认真讨论我的入党问题后，根据我在狱中和出狱后及在游击区的实际表现，几乎全票通过我重新入党，然后经慈溪县委会最后批准。

陆子奇和我一起坐牢，以后我又随她一起打游击，她成为我第二次入党的介绍人。我们的生死之交，不仅结下了深厚友谊，她也成为我忠贞革命的见证人。1951年，她与赵士忻结婚成为一对革命夫妻，陆子奇后来担任浙江省水利厅的负责人，赵士忻则担任公安局局长。

陆子奇和赵士忻现在都已故去，我有幸见过陆子奇阿姨一面。那是三十余年前的事情，大约是1980年。我和夫人旅行结婚时，曾到陆子奇阿姨家吃过一顿饭。我在杭州没有任何亲戚，所以在杭州的一个星期，只是稀里糊涂地跟着夫人走街串巷，拜访女方数不清的亲朋好友。

有一天，夫人把我带到一个小楼房，这个不一般的住所就是陆子奇的家。那时陆阿姨已步入老年，她的丈夫赵士忻在"文化大革命"中含冤而死，所以她成为家中唯一的长者，我觉得她说话很有气势，有一种与众不同的威严，便不由得对这位当年在游击区身经百战的陆阿姨有了几分敬畏。

晚饭，我们和她全家人围坐在一张圆桌上吃饭，一桌菜竟全是由她刚刚上门的女婿烹制而成。夫人用余光看了我一眼，说了句："学着点！"不善言辞与毫无生活能力的我，僵僵地坐在夫人旁，露出一副尴尬的面孔，顿时感到婚后生活的压力，感到夫人在度蜜月时已经开始给我上课，开始敲打我了。那个时候的我还没有"女强人"的概念，但见过陆阿姨后，便明白了只有在战争中才能锤炼出这样坚强和威严的女性，岳母在游击战中也曾磨炼过，所以她能一辈子不屈不挠，而夫人在 21 岁就已是共产党员，她显然也继承了先辈们的秉性，自然也是刚强的女性，那么结婚后服从她的敲打，好好按她的"旨意"行事也就顺理成章了。

岳母在慈溪的山区打了半年游击，重新加入共产党，这个时候全国解放了，在她面前立刻展现出前程似锦的未来，那是岳母一生中最美好最值得回忆的时刻。那天她倚坐在老人公寓的沙发上，端起一杯她最喜欢喝的龙井茶，习惯地吹了吹，然后慢慢品尝了一口，开始非常享受地向我讲述她那段不凡的经历。

解放后，我在慈溪县委工作，在县委当宣传干事。当时我身穿一身新四军的军装，在刚刚解放的县城的街道上意气风发地跨步走着，总会引来无数羡慕的目光。一个只有 21 岁的女孩，梳着那时最时兴的短发，一身戎装，腰系宽皮带，可想而知当时我有多神气！

21岁的李雅卿在慈溪（摄于1949年）

在慈溪工作了两个月，我开始盘算起自己的未来。因为战争，因为革命，我在大学二年级就辍学，先是被抓进监狱，出狱后，又上山打游击，现在革命胜利了，解放了，作为一个曾经的大学生，我渴望完成自己的学业，或者能获得其他深造的机会。大概是1949年12月份，有一天，我看到报纸上登载华北大学俄文班在全国招生的消息，就十分想去报考。然而慈溪县委不肯放我走，为了留住我，立刻任命我为刘县长的秘书。

我急得要命，先是找陆子奇，她虽是慈溪县委的组织部长，可好像做不了县委最高领导的主。于是我不得不使出全身的解数，找和我同过牢的杨志行大姐，我曾按她的指示营救了几十位狱友，因此她对我颇有好感。杨志行那时已是宁波市妇联主任，很能理解我，就亲自给慈溪县委书记杨展大写信，意思说雅卿喜欢读书是好事，就让她去考考，考不上，她回来工作也会安心，如果考上了，咱们也拦不住，就让她为国家做更大的贡献吧！

慈溪县委终于答应了我的要求，并为我做了组织鉴定。刘县长是个好人，他看出我十分渴望学习，便有意帮助我，特为我写了一封推荐信带在身边。我高兴地来到上海，但却扫兴地得知招生考试已经结束，我沮丧地哭了起来。在走投无路之时，只好去找哥哥帮忙。哥哥唐丘已经从解放区调到上海华东新华书店（华东人民出版社前身）工作，她的夫人余柏静是我的狱友，在我的撮合下，他们成了夫妻。所以我的求助，哥哥自然不遗余力。我们四处打听华北大学招生处的工作人员住在哪里，最后终于在一家旅馆找到了他们。

岳母李真与舅舅唐丘

　　我小心翼翼地拿出县长为我写的那封推荐信，交给了招生组同志。他们互相传阅着，看到我一身军装，而陪我来的哥哥也是一身革命制服。从那封推荐信中了解到，我曾经是一名大学生，是从游击区走出来的女共产党员。面对我这位风华正茂的年轻女大学生，他们似有眼前一亮的感觉。

　　他们问我是否学过外语？我说学过英语。记得在浙大学英语时，老师是从美国留学回来的，她特别喜欢我，在课堂上总爱提问我，我和她能用英语对话，她教课认真、严格，给我的英语打下了很好的基础，虽然坐牢、打游击，中断了我的学习，但当年的"童子功"依然很给力。招生组让我用英语写一份简历，我毫不费力地写了几页。招生的老师看后很满意，当即拍板将我录取。我兴奋得几乎跳了起来，感到自己全新的生活就此开始。

当时学习俄文，成为新中国青年最大的追求，因为大批的苏联专家来到中国，几乎渗透到每个单位、每个企业，国家需要大量的俄语人才。我从网上找到了耿化敏、董航合写的文章，题目为《1950—1956 年中国人民大学俄文学习运动的历史考察》，对当时的历史背景描述如下：

新中国成立前后，学习俄文已经成为建设新国家、发展中苏友谊的客观需要。1949 年 9 月 26 日，中共中央机关报《人民日报》首次公开发表宣传学习俄文的文章，强调现在"自动学习俄文"与过去"鬼子来了学日语，老美来了学英文"的情况"有本质上的不同"。

教育领域掀起全面学习苏联的热潮。作为最直接、最快速地学习苏联经验的语言工具，俄文被大规模地引入到教育界，对社会发展的影响可谓深远。教育部副部长钱俊瑞指出："俄文，它是列宁、斯大林的语言，它是社会主义大门上的一把钥匙。我们学会俄文，就能打破语言、文字上的隔阂，搬掉放在我们发展中苏友谊大道上的一座大山。我们学会俄文，就能更加直接地学习苏联的先进经验，可以使我们祖国加速向社会主义前进。我们学好了俄文，就可以促进两大民族的文化的交流，促进两大民族的友谊和合作。"

教育部副部长黄松龄言："1949 年中央决定创办中国人民大学，并请了许多苏联专家来帮助，一方面是为中国的社会主义建设培养一批骨干，另一方面是以中国人民大学作为学习苏联先进经验、进行教学改革的典型，以便创造经验，培养师资，帮助其他高等学校。"

华北大学是中国人民大学的前身，学校位于北京。我被录取后，招生组对我说，过两天所有学生在上海集合出发到北京，我们只能给你一天时间回杭州拿行李。当时新中国急需俄语翻译，所以仅上海就招收了三百多人，可以说是求贤若渴，不拘一格降人才，学生的年龄参差不齐，有我这样20岁上下的青年，也有三十来岁的大龄青年，甚至中年人。

在出发北京的前一天，我再次赶到招生组报到时，他们却出人意外地任命我为大队长。心想两天前我还在为是否能取得补考机会而奔波哩，两天后我竟成为了带领整个三百多学员进京的大队长，觉得人生实在有些不可思议。我想这该不是业务的原因，而是我的特殊政治背景，因为一位从游击区走出来的女共产党员，同时又是有一定外语基础的年轻大学生，在当时是极为稀少、极为难得的。

招生组把三百多人分成三个中队，另指定三位同志各为副大队长兼中队长，协助我管理这批学员，并交给我一个装有所有学员档案的背包，要我到北京后交给来接站的华北大学的同志。这个背包是绝对不能丢的！我一不能对别人说，二不能放在行李架上，而是始终包不离身，连睡觉都抱着它。

三百多人分乘三个车厢，一个车厢一个中队。我是大队长，则要在三个车厢不断来回巡视照看，身上还要背着这个大背包，在别人看来，还以为这背包里装着我自己的什么宝贝，所以才一直舍不得放下。三百多人来自社会的各个阶层，男男女女穿着打扮五花八门，不少女生都穿着旗袍，男生则穿着长衫、中山装等，唯独我一人穿着一身褪了色的军装，在这个浩浩荡荡的赴北京的队伍里显得格外惹眼。

火车到了北京，停在前门车站，华北大学开来一辆大卡车，把大家的大行李装在上面，小行李则自己提着。我把那个装着大家档案的背包交给了来接站的同志，顿时感到卸下了一个重担。从前门到学校所在地铁狮子胡同即现在的张自忠路，全体学员都是步行，要走很长一段路，大家排好队，一路都是长蛇阵排开。这些来自南方的三百多陌生人，几乎都是第一次到北京，感到特别兴奋和新奇。而北京的老百姓看见这一群远方来的不速之客也十分好奇，只见他们穿着北方人不常见的长衫、旗袍，甚至还有马褂，不禁失声大笑。我则跑前跑后，指挥着这支七扭八歪的队伍。我们就这样一路不停地向铁狮子胡同的华北大学走去，一时成为北京的一大奇观，引来无数老百姓的围观、议论，这情景已过去半个多世纪，我至今仍记忆犹新。

岳母李真（中）与王素玉、陆人人在华北大学

我在华北大学遇见了浙大同学王素玉，她是我昔日的好友，

曾和我家处得亲如一家人，她为我妹妹补习功课，使妹妹在13岁时进入学堂，当我被捕入狱时，她经常探监和照顾我的父母，如今她在我上学的学校工作，我们相聚甚为欢喜。我们到北京时，已是隆冬季节，大家都统一发了棉军衣，于是在学校拍照留念。我们入学不久后，华北大学就改为了中国人民大学。俄文系最初叫俄文大队，自我们入校后，全国招来的学员总人数超过了五百，于是称为俄文专修班，学制为2年，任务是培养新中国建设所急缺的翻译人才。

然而那时需要的俄语人才太迫切了，2年都觉得长，所以选了些尖子，组成了一个实验班，我任班长。我们是速成班，学制只有十个月，其中还包括两个月的政治学习，真正学俄语的时间只有八个月，全部由苏联专家直接授课。我记得班上有两位年龄较大的尖子同学，一位是当时三十余岁的黄洁，他后来是人民大学的著名教授，如今年龄已98岁了，现在还很健朗。另一位年龄更大，当时就有四十多岁，名叫董震栋。他是法国留学生，个人成分是地主，通过劳动改造将地主的帽子摘掉，居然在那个时代也能成为实验班的一员。

华北大学俄文实验班部分学员

我记得，一位苏联老太太契维克娃出任主任，她在苏联是个权威，平时不亲自授课，但常常坐在后面听课，时时监督学校的教学质量。她给我的印象是慈祥可亲，像个老妈妈。具体教我们的是一位年轻的老师，叫玛克西莫娃。她人很好，很耐心，俄语中的卷舌音我们中国人常常发不好，她一遍又一遍地辅导我们纠正发音，使大家很快过了发音关。

然而在教学的第一个月完全用俄语教俄语是很难听得懂的，玛克西莫娃自然不会中文，可是她的英文也不大灵光，但她的法文却很好。这时候，精通法文的董震栋就站了出来，他用法文与老师交流，再将俄文的意思翻给大家听，使课程顺利进行。

当时我们的学习压力非常大，要在八个月掌握一门外语谈何容易，许多女同学急得直哭，作为班长，我除了劝慰他们，还要以身作则，起带头作用。我学俄文的体会就是刻苦！刻苦！再刻苦！当时我除了上课、睡觉、吃饭，都在背单词，连走路、上厕所都在背，当我熟记了几千个俄文单词后，感到自己有了质的飞跃。后来我在给苏联专家讲课当翻译时，面对几千人的大课堂，能够应对自如，都是那八个月打下的基础。

苏联专家总的来说都不错，但其中也夹杂着素质极差的人，例如有些俄国的旧军官也被派了过来，他们其中有人调戏中国女学生，男生见了自然要去阻止，和专家发生冲突，而与苏联"老大哥"对打的结果，常常是把中国男同学抓起来。因为那时的政策是，任何情况下都不能触犯苏联专家，即"无理三扁担，有理扁担三"。

我们实验班的12个人是人民大学俄文系五百多学员中的尖子，作为学校的骄子我们全部留校。当时我已经二十多岁，作为女孩子正是谈恋爱的年龄，一些年纪大的男同学有不少追求过我，那时我是学校俄文系的学生会主席，又是全校瞩目的实验班班长，年纪又轻，不知是因为我一门心思放在学习上，还是我没有碰到能真正使我动心的男孩，竟被男生视为眼界高的孤傲者，一些同学讽刺我为"高价以待"，引起了我的警觉，感到自己也该正视自己的个人问题了。其实那时我并不想找所谓的"高级干部"或高学历的知识分子，更讨厌那些虚伪的空谈家，我只想找一位朴实、贴心、肯学习的青年作为自己终生的伴侣。我仔细观察了周围的男同学，感到没有适合自己的，于是就给在华东新华书店工作的哥哥写了封信，求他在上海帮我物色自己的另一半。

28岁的张惠卿

　　岳父张惠卿就这样走进了岳母的生活中，28 岁的他称得上是一位帅哥，作为多年的地下党员，他是由上海市委组织部正式分配到华东新华书店编辑部（华东人民出版社前身）工作，所以不乏追求者，如曾有一位能歌善舞的年轻女孩子主动约过他，但岳父并不动心，他心中似有更好的目标。作为舅舅唐丘的同事，岳父常常看到岳母穿着一身军装来找她哥哥，她朴实、大方、能干、充满活力，这位后来人大俄语系的高材生实际上早就映入了岳父的眼帘。岳父解放前就学过俄语，在出版社负责审阅翻译书稿。曾有一次，在图书馆还在舅舅无意的介绍下，和岳母打过一个照面，说过几句话。虽然岳母当时没有在意，但却给岳父留下了深刻的好印象。当时舅舅唐丘和舅妈余柏静都在华东新华书店工作，本来二人的婚姻完全是岳母促成的，所以当岳母写信给舅舅将自己的终身大事托付给他们时，二人自然十分认真。他俩商量合计后，都不约而同看中了忠厚诚恳、工作勤奋的岳父。

岳父当时和舅舅十分熟悉，原因是从解放区一起来的包括舅舅在内共有三位聋哑人，他们听政治报告有困难，而岳父每次都主动在旁边做详细的记录给他们看，自然这三位聋哑的老同志对岳父一直都有好感。当舅舅正式问岳父，愿不愿意和他妹妹谈朋友时，岳父立刻感到一阵惊喜，没有半点犹豫，当即一口应允。

刚解放时，党员身份都是秘密的，所以单位的同事并不知道岳父是市委派到单位的，以为他是招聘进来的普通俄语翻译。但后来党员身份公开后，大家对岳父立刻刮目相看，因此在一些人眼中他"身价百倍"，这或许是应了岳母的"高价以待"。在舅舅的穿针引线下，岳父岳母虽然尚未正式面谈，一个在上海，一个在北京，但牛郎织女般的通信便开始了。

那时谈恋爱是规规矩矩的，先做一般朋友，然后再发展为恋爱关系。舅舅在先征得双方同意后，由岳父先写信给岳母表示交朋友的意愿，待岳母回信后，岳父再把自己的照片寄过去，接到岳母的照片后，才算拉开了谈朋友的序幕。双方先是谈各自的经历和家庭，然后谈学习和工作，再逐渐涉及生活和友情。鸿雁书信开始每周一封，接着几天一封，再以后便一两天一封。但岳父和岳母谈了三个月尚未确立恋爱关系，这时候本来是一件完全可拆散他们的意外之事发生了，因为他们还从未正式见面，如果分手是很正常的。然而这件事却加速了他们的恋爱进程，他们的爱情没有被扼杀，反而很快确定为恋人关系。他们能经受住爱情的考验，皆因为他们都是正直善良的人。

第十九章

正与岳母谈恋爱的岳父了解到她的冤屈后，依然和岳母结为伉俪。岳父要用他的智慧保护这个才女，使她继续发出金子般的光芒；他要用自己的善良分担她的冤枉，排解她的屈辱；他要用自己的一生呵护她，让她有个相对幸福的家。

新中国成立初的几年，是岳母人生中最辉煌的时期。她凭借自己的刻苦努力，凭借为革命的一腔热血，成为时代的佼佼者。当时年仅 23 岁的岳母是中国人民大学俄文系的学生会主席和全校最"牛"的俄语实验班班长，她在业务上已经成为尖子的尖子。为期十个月的学业完成后，岳母作为高材生留校，分配在中国人民大学马列主义教研室工作，后来担任翻译组副组长。

但是，正当岳母怀着无比饱满的热情，准备全身心投入到新中国的建设时，1951 年 4 月 18 日，一封署名"前地下杭州市工委组织委员、现任杭州市青委学生部长许良英"揭发检举岳母是自首叛变分子的信，寄到了人民大学党委组织部。就是这封信拉开了岳母辛酸悲惨的人生序幕，让她从此背负无尽的屈辱。

然而这封所谓的揭发检举信，当时并没有立刻产生涟漪，人民大学党委并没有立即对岳母采取行动，这或许是因为写揭发信的人还在杭州，而且党内的极"左"思潮尚未蔓延。如果这封信发生在"文化大革命"中，也许不足为奇，发生在 1951 年则是十分罕见的。那时候人们的思维方式是较为朴实的，人们所看到的岳母无论是业务能力还是政治表现都十分优秀，甚至可以说是全校最优秀的，人们无法将眼前这位 23 岁的优秀女青年与"叛徒"联系起来。这封揭发信被搁置了一年，而对岳母本人来说，她当时是全然不知的。

许良英在杭州解放前是浙大地下党的负责人，岳母是他属下的一名预备党员。岳母被捕后，许良英只知道她向敌人承认是共产党员，并说出了已去解放区的介绍人朱元明，对岳母在狱中的表现和情况不做任何调查，就认定岳母已经叛变，在她完全不知情的情况下，取消了她的预备党员资格，而过了两年后，当他知道岳母已在慈溪县委重新入了党，就向人民大学写信，指控岳母是"叛徒"。

他在信上说李雅卿由朱元明介绍入党后，"一贯表现自由主义，易闹情绪，觉悟很低"，"李还写信给她父亲说什么'憎恨人类'"。他断定说，"这些都充分证明了她已在思想上动摇，在政治上叛变，出卖同志，她不仅是个自首分子，还是一个叛徒"。然后还在后面专门加了一句说："尤可注意的，敌人对她始终没有用过刑"，以此向人民大学党委暗示，李雅卿就是叛徒无疑。

许良英还说："她通过另外的关系到了浙东游击区，听说不到半年就被重新介绍入党，我认为这是极不妥当的。慈溪县委组织部长陆子奇介绍她重新入党也是极不妥当的。"许良英根本不了解岳母在游击区表现坚强勇敢，经历了生死考验，却轻率地下了这样的结论。

如果都本着"求是"的态度，事情的真相应该是这样的：岳母是因特务追捕她的一个同乡朋友王秀霞，被连累一起被捕的。王秀霞也是浙大的朱元明发展入党的。岳母被捕的当天晚上，敌人先审讯了王秀霞，王供出了李雅卿和朱元明。第二天敌人审讯岳母，她拒不承认，敌人则向她出示了王秀霞的亲笔供词。岳母感到事态严重，当时只有两种选择，一是矢口否认，这样敌人必然再去向王秀霞施加压力，王是一家医院的护士，平时幼稚张扬，而她又认识岳母浙大同宿舍的几位进步同学，王秀霞虽不知她们是党员，但她如乱供，后果不堪设想。二是承认王秀霞所供事实，即承认自己是共产党员，介绍人是朱元明，把敌人的注意力引到自己身上，因岳母知道朱元明已去解放区，敌人抓不到他，但绝不能再牵连浙大的其他同志，绝不能让敌人破坏浙大的地下组织，她必须坚决顶住。因此她选择了后者。

为了和敌人周旋斗争，岳母装作自己一贯消极无知，除朱元明外，和别人没有任何接触，其他活动一概不知。她顶住了敌人的几次威逼，敌人没有对她用刑，是因为她是公开被捕的浙大学生，慑于浙大同学的抗议浪潮，害怕舆论谴责，敌人没有从岳母那里得到任何有价值的线索，这从她被捕后浙大地下党没有受到任何损害就是明证。最后敌人只得宣布将她判刑两年半，关进了第一监狱。

在敌人的严密监控下的监狱中，岳母根本无法和浙大的地下党组织取得直接联系，唯一能传递信息的渠道只能通过家人。为了让浙大地下党组织知道她在狱中没有牵连任何人，岳母用隐晦的语言（因为她的信都要经过严格的检查）给外公写了一封信，提到了让大家尽管放心，暗示不必让有关党员撤退，同时为了迷惑敌人，岳母在信中故意写了"憎恨人类"等等的话，并要外公将这封信亲自送到浙大校方，这样地下党就能看到。这封信最后转到了浙大地下党负责人许良英手中，但他后来却把这封信附在给人民大学党委揭发信的背后，成为岳母"憎恨人类"、"思想上动摇、政治上叛变"的证据，真是把黑白完全颠倒了。

许良英所领导和相信的朱元明又是怎样一个人呢？朱元明因为在浙大私自发展了好几个女学生入党出了问题，被组织发现后受到处分，调离浙大去了解放区。后来他为了减轻和逃避私自发展女同学入党的责任，竟矢口否认自己曾发展过王秀霞入党，并说根本不认识王秀霞，使岳母的很多问题讲不清。岳母回忆：

　　大约在1981年，在北京的几位当年浙大的地下党员陈尔玉、吴芝寿、徐佩英、郭跃英等到我家聚会，没想到朱元明也不请自来了。我以前真是很生他的气，他向党组织否认发展王秀霞入党，害得我好苦。此时见到了他，真不知是什么滋味，但事情已过去近30年了，我已恢复了党籍，何况30年来我已经历了太多太多的事情，我不想损坏老同学们难得聚会气氛，便小声地和他说了几句话："朱元明同志呀！你说你没有发展王秀霞入党，你根本不认识王秀霞，你这样做真是太不应该了！你知道我是什么处境吗？"他则一言不发，一副发窘的样子。当时再向他追究这些事，已没有什么现实意义了，所以也就这样过去了。

　　总之，许良英轻信了朱元明，误判了岳母从监狱写给组织充满暗语、隐语的信，但如果他真是一位像报纸所说的"说真话求真相做真人的思想家"，他真是一位深受浙大"求是"学风熏陶的人，那么他应该至少去找和岳母一同关在女牢和后来一起打游击的地下党领导核实她在狱中的表现，或者和岳母面对面的进行一次谈话，了解真实的情况。但他根本没有这样做，却写了这封要置岳母于死地的所谓揭发信。

　　一年后，人民大学党委根据许良英的来信，既不找岳母本人谈话核实（这是违反党章的），也不通过她所在的支部，在1952年5月，突然做出把李真开除党籍、清除出党的决定。这简直是晴天霹雳，对 24 岁的岳母来说，一下子如同跌入了万丈深渊。人大党委为何在一年后才做此决定，不得而知，但这恰恰是许良英从杭州调到北京以后。许大约是 1952 年 2 月从杭州紧急调到中国科学院，任务是对科学院的政治出版物进行"政治把关"，所以那时的他春风得意，俨然是不可一世的人物。年轻的岳母当时天真地认为，许良英一手导致的这一错误决定是完全可以核实、查清并纠正的，因为岳母有好几位同牢的难友都是老同志，她们对岳母在狱中的表现一清二楚，都可以做出证明，而她得知许良英此时也在北京。

岳母决定当面向他申诉和澄清事情的真相。于是 24 岁的她找到了刚刚调到北京工作的许良英。而完全让岳母没有想到的是，这位三十余岁的浙大老毕业生，面对只有二十余岁的小师妹，竟完全不容对方讲话，一见到岳母，就横眉冷对，一副不屑一顾的样子，拒绝听岳母诉说，连连大声呵斥："滚！滚！滚！"然后粗暴地将岳母赶出门外。可怜的岳母站在外面，听着许良英在办公室里大喊大叫，脑子一片空白，她满怀屈辱和悲愤，一路哭着回到了学校。

岳母教研室党支部的几位领导同志对她十分同情，劝慰她对举报人许良英一定要有耐心，要跟他讲明事实真相，他再过分、再蛮横也要忍住、挺住，千万不要跟他闹僵，因为你的命运掌握在他的手心里，必须再去找许先生说明情况，他的这封揭发信是至关重要的，不符合的事实必须由他来纠正才行。

岳母在大家的鼓励下，终于鼓起勇气，硬着头皮，第二次又去找许良英，谁知才刚刚踏进他办公室的大门，许良英一见是李真，马上怒目相向，还"啪啪"地拍起了桌子，仍然不给岳母说话的机会。岳母站在那儿不走，他则随手抓起桌上一样什么东西朝岳母身上扔了过去，大声吼叫着："你又来干什么?! 你又来干什么?!"在这样的情景下，自尊心极强的岳母万念俱灰，她还能说什么? 她还能怎么样? 她绝望地转身离去。这是她一生中最为刻骨铭心的屈辱遭遇。

如今岳母已是85岁高龄的老人了，她患有阿尔兹海默氏症，常常忘记眼前发生的事情; 然而每当提起那段找许良英申诉之事时，她却依然记忆犹新，历历在目，心酸不已，心痛无比。岳母一生中曾多次感慨过:"那时，我好多次都想干脆一头撞死在许良英面前算了，可后来想想，他那样的人，你就是真死在他面前，他眼睛都不会眨一眨。"

岳母遭遇许良英不公正对待之后，以她刚烈自尊的性格，饱受屈辱的她一直在"活着还是死去"的念头中挣扎。那时她正在和岳父通信谈朋友，他们通信三个月，尚未见过面。有一天，岳父接到了岳母的一封信，告知人大党委突然向她宣布被开除党籍，她感到冤枉，准备申诉，鉴于此，为了不影响岳父的政治前途，她主动提出结束这段恋情。

此时，岳父周围的知情人也都极力劝说他放弃岳母，甚至连最初撮合他们的舅舅也认为他们两人应该分手。岳父则专门找和岳母同过牢的舅妈余柏静了解情况，当得知岳母在牢中的真实表现后，他不顾自己会受到牵连，会影响前程，毅然选择了对爱的信任和坚守。

当时是新中国成立后不久的1952年，党的威望极高，开除党籍就是丢掉了政治生命，这对一个有政治信仰的人来说，无疑比丢掉自己的生命还重要，岳父深知岳母受到的打击是何等的沉重，而一个受到如此莫大冤屈的人心情又会有多么压抑和痛苦。岳父深深体谅到这一点，所以他给岳母回复的第一封信就向她坚定地表示:

你的情况我已完全清楚，你是冤枉的！在任何情况下都一定要挺住！要相信党，我支持你向上级申诉，这是党章赋予每一个党员的权利。千万不要气馁，天塌不下来。我愿和你一起来承担所有的压力和打击。从现在起，我们就是恋人关系，你就是我的未婚妻，以后我们永远在一起。

此后，岳父就每天从上海给在北京的岳母写一封信，再三鼓励她要相信组织、相信党。绝望中的岳母，有时每天收到一封信，有时几天没有信，然后一下子收到三四封信；是岳父的真情和信赖给了岳母活下去的勇气。在岳母出事将近十个月后，在她最最艰难的时候，岳父义无反顾地和岳母排除了外界的种种干扰，力争得到双方组织上的同意，他们是在岳母这年寒假到上海时，设法取得了所有证明后，立即去办了结婚登记。

在上海市卢湾区政府办完结婚登记手续后，岳母的假期只剩下一天了，他们就决定去苏州旅行结婚，没有任何亲友参加，谁都不知道，他们的行动是秘密的，而这在那时实在是无奈之举。没有婚宴，没有蜜月，岳父和岳母在苏州的一个普通的旅馆里度过了一夜夫妻生活，能够见证的仅仅是在旅馆的登记簿上写上的"结婚"二字。第二天上午，岳父就在苏州送岳母直接上了去北京的火车，而他自己则在下午回到上海。

那一夜是不平凡的，然而又是极为珍贵和富有意义的，这不仅是因为那一夜标志着岳父与岳母的结合，同时也标志着我夫人作为他们爱情的结晶在世上真正诞生了。因为仅仅这一夜，岳母就怀上了他们的第一个孩子，也就是后来成为我夫人的张朔，她的小名叫"小苏"，这个被我叫了一辈子的昵称，其真正的含义是因为她作为生命的萌芽是在苏州，而我的老家也在苏州，拙政园便是我奶奶曾经的家，这或许就是我和夫人能在二十八年后相结合的缘分。

张惠卿、李真 1953 年 2 月在上海登记结婚

　　岳父和岳母本可以做一对幸福夫妻的，没想到此时此刻，他们不得不面对现实，做一对患难与共的夫妻了。岳父那时横下一条心，他要和这位善良正直的女性一辈子结缘，他要用他的智慧保护这个才女，使她继续发出金子般的光芒；他要用他的善良分担她的冤枉，排解她的屈辱；他要用自己的一生呵护她，让她有个相对幸福的家，让她在家依然过着快乐的生活。他们坚信善良一定会战胜邪恶，公正迟早会到来，冤屈也总有一天会得到伸张，他们携手与共地耐心等待着这一天的到来。但谁知，此后的中国，政治运动一个接一个，笼罩在神州大地的极"左"思潮愈来愈浓，他们竟一等，等了28年。

第二十章

　　岳父岳母是世界上那种最善良、最富同情心的人，他们想不到许良英如今到了这样悲惨的境地。他们开始同情许良英了，并不因许良英曾经把岳母几乎置于死地而对这封信置之不理。这是岳父岳母对几乎处于生活绝境的许良英所做的一件以德报怨之事。

　　我很奇怪岳母在被开除党籍，身背"叛徒"的恶名后，并没有被置于死地。也许那时的政治压力还不能轻易改变人的思维，岳母的遭遇，反而得到了周围同志的同情；她更加钻研业务，反而得到了领导的重用；她的不屈和大气，反而使岳父这样优秀的男青年走进她的生活，并组成了家庭。那么岳母是怎样丢下政治包袱，鼓起勇气，一步一步从磨难中走出来的呢？

　　那时我想，自己在政治上已毫无前途，我要想在单位中站得住脚，就只有业务过硬，从此我不问政治，一门心思搞业务，尽管这个业务和政治是有联系的。在宣布开除我出党之前，我已是人民大学马列主义教研室翻译组的副组长，这时国家急需俄语翻译人才，特别是国家重要的单位。我当时翻译超过别人的地方是能在课堂上为苏联专家讲课进行现场翻译，并且得到学员们的好评。

　　我的优势主要是年轻，脑子反应快，记忆力好。我比别人更为刻苦。在学习中，我把难记的俄文单词写在小本子上，一有时间就拿出来背，无论是走路，还是在食堂排队买饭，我都会把小本子拿出来背。一般来说，一个单词在不同场合背过五六遍，我就会牢牢记住它，这或许是我记忆力好的表现。我们在实验班学习俄文只有八个月，因为苏联老师大批到校，讲课急需翻译，于是便从实验班挑了几个尖子，像赶鸭子上架一样，把我们推到了工作第一线。

一面是苏联教授，另一面是几十人、几百人，甚至几千人的中国听众，都要靠我们只学习了八个月俄文的实验班学生来翻译，如何压得住阵？对于我们都是个考验，有些同学怯场，急得直哭。我因为是学生会主席，又是班长，以前参加过学生运动，坐过牢，打过游击，毕竟见过世面，心想即使再怯场，还是要硬着头皮上去，索性横是横，竖是竖，反而不怕了，在做课堂翻译的时候，我也找到一些窍门。苏联教授有时会一连讲很多话，有的翻译常常记不住，跟不上；我则把每句话的字头记下来，然后看着字头，一边回忆，一边有条不紊地翻下来，使学员感到很清楚，很容易记笔记。因此，我翻译的课大受欢迎，学员们常常向校方指名要我翻译。

几十年来一心钻研业务的李真

1953 年初，我由中国人民大学被调到马列学院，也就是后来的中央党校当翻译，实在很出乎我自己的意料，因为作为一个有问题的非党员，能调到这样的单位是不可理解的，有人疑惑地说："李真不是有问题吗？怎么反而高升了呢？"其实那个时候，不靠别的，靠的就是业务过硬。一边是成百上千的全国各地调来的省、市级干部学员，一边是苏联著名的马列主义理论家，他们必须挑选能在课堂直接口译的翻译，所以选中了我。

到了党校，我先在以老翻译家刘群为主任的翻译室工作，后又分配在艾思奇为主任的哲学教研室任哲学课翻译。艾思奇是素养很高的哲学家，经常和苏联的哲学界著名人士交流，我除翻译哲学课外，还充当他们平时的翻译。翻译哲学特别困难，因为内容抽象深奥，还经常碰到很古怪的术语。我不懂哲学，只有刻苦钻研。我将俄文的哲学单词都预先背下来，有时连夜将苏联专家的讲课稿反复琢磨，把难记的词都列出来背熟。因为预先做了功课，到了现场就能应付自如，所以不仅得到学员们的普遍欢迎，也深得艾思奇和杨献珍的欣赏，他们没有因为我被开除党籍而对我不尊重，他们是爱才的，他们在政治上还常常保护我。

杨献珍是当代中国马克思主义哲学家、理论家、教育家，原中共中央党校党委书记兼校长。20 世纪 50 年代中期以后，由于他对"大跃进"直言不讳的批评和在哲学问题上坚持自己的观点，因而被作为"综合经济基础论"、"合二而一论"等的"炮制者"，在所谓建国以来三次哲学大论战中受到严厉批判。"文化大革命"中更受摧残，被开除党籍，长期关押，直到党的十一届三中全会后才平反。1992 年 8 月 25 日杨献珍在北京逝世。

几十年过去了，我还能记得和杨献珍在一起的往事，他常常带我与苏联的高级专家一起吃饭，我则做他们的翻译。杨老有时还向苏联专家互通各自党中央内部的一些情况，这在当时其实是很正常的行为，他们对话时都是由我翻译，没有别人在场。吃饭时，我因翻译顾不上自己吃饭，同时在这样的场面下感到尴尬，于是杨献珍就常给我夹菜，把我当女儿一样对待，还亲切地对我说："多吃点儿，这些菜外面是吃不到的。"

在杨献珍遭到批判后，整他的人多次要我揭发杨校长，甚至用很多话来套我，要我说出他和苏联专家的对话。但我什么也没说，仅说我只是个翻译，他们的对话我翻译过就忘了，怎么能记得？其实我记忆力好，很多话我是记得的。现在回想起来真有点后怕，幸好我当时头脑清楚，没有吐露半个字，不然他们可以拿我的话来置杨献珍于死地，那我就罪孽深重了。

艾思奇是我国著名的马克思主义哲学家、教育家和革命家。他24岁时把自己的一批文章汇编成《大众哲学》，结果这本通俗的哲学著作，深受广大青年和人民群众的欢迎，在全国解放前，曾出了32版之多。艾思奇是把马克思主义哲学大众化的杰出先驱者。早在1936年，毛泽东就曾让大家阅读艾思奇的《大众哲学》，人们称他为"人民的哲学家"。新中国成立后，任中共中央党校哲学教研室主任、副校长，中国科学院哲学社会科学部学部委员。艾思奇于1966年3月22日因急性心力衰竭病逝于北京，终年56岁。

艾思奇对我的了解更是直接，我为苏联哲学家翻译的很多课，他都亲自旁听，说我翻译得好，所以就特别看重我。他不因我是"犯错误"的非党员而对我有任何歧视，相反，他很关心我，每逢"三八"妇女节，他都会送我从国外带回来的小礼物。他还在政治上有意识地保护我，1957年"反右"时，开会动员我提意见，其实我只是提了些很普通的意见，却因为我本身政治上有问题，有关部门已将我内定为"右派"，内部简报上也已不称我为"同志"了，但当把我定为"右派"的材料上报到艾思奇后，却给他压住了，直到"反右"运动结束，艾思奇也不拿出来，帮我逃过了这一劫难。这个秘密是哲学教研室的党支部书记廉之真同志后来告诉我的，说是"艾思奇救了你"，我才恍然大悟，真不知该怎样感激他。1962年，哲学教研室支部还一致通过我重新入党，这个内部消息已私下告诉了我，只是不久，中央党校批判杨献珍的"合二而一"开始了，政治气氛不对，因此没有再往上报。

左起：艾思奇、徐小英、基谢廖夫、刘群、李真（摄于1954年）

现在回想起来，当年我在人大最红的时候，因为许良英背后下黑手，在政治上给了我致命的一击，使我被开除党籍，从此在政治上抬不起头，只得夹起尾巴做人，一心钻研业务。凭借自己的刻苦努力，我依然成为业务骨干，受到单位和领导的重用。当然最幸运的是，我在中央党校遇到了这两位好领导，他们看重我的实际表现和工作能力，客观地看待我的"政治问题"，在关键的时候又保护了我，使我至少在"文化大革命"之前没有吃大苦头。

岳母在中央党校一直工作到1965年，因康生整肃中央党校，清理阶级队伍，把有问题的工作人员全部调离和清出党校，并规定要和配偶一起发配到个人的原籍重新分配工作。岳母则是第一批被"清洗"的对象。当时岳母如果和岳父一起调到浙江原籍，后果就不堪设想了。幸好岳父工作单位人民出版社的两位领导王子野和范用都是正直的好人，他们坚决不同意岳父和岳母一起被调走，就想尽办法把岳母从中央党校调到了人民出版社。"文革"开始后，这两位领导人竟因此被安上"招降纳叛"的"罪名"遭到多次批斗。岳母这个被定性为"叛徒"的人，在"文革"中的悲惨遭遇也就可想而知了。

岳母在遭到诬陷后，靠着自己对业务孜孜不倦的钻研和低调的生活，虽然受到重重的一击，但没有被击垮，她通过刻苦的努力，凭借自己的业务水平，居然被中央党校这样重要的机关选中和重用，这或许是许良英始料不及的。而这位主观武断、思想极"左"的许良英，后来的政治命运如何呢？我在网上就查到了他的一些人生轨迹：

1955年"反胡风"和"肃反"运动中，许良英受到了人生第一次政治打击。因曾介绍胡风集团"骨干"入党，遭怀疑、批判和停职审查一年。1957年，在"双百"方针、"整风鸣放"等言辞的反复动员下，"鸣放"局面空前热闹。许良英却以"捍卫毛主席路线"的忠诚党员自居，公开反对反右派斗争，结果成了科学院第一个右派，被开除党籍，送到浙江临海张家渡老家接受劳动改造，在故乡当了20年农民，仅靠挣工分维持生活。

然而许良英毕竟是浙大毕业的，他有自己的专业，他是个有才气的知识分子，他在自己的老家务农，相对远离了政治运动的风口浪尖，使他获得了自由研究的空间和时间，这使他从1962年开始就能潜心从事《爱因斯坦文集》的翻译工作。

事情有时会这样巧，大约在1972年，岳父当时从"五七干校"第一批调回，在人民出版社负责外文翻译书稿的编辑工作。有一天，他接到一封浙江临海张家渡的一个生产队长写来的信，说他们那里有一个叫许良英的人，原是北京犯错误后回到原籍在他们那里劳动改造的，他有学问，但身体很弱，靠劳动挣工分养活不了自己，但他懂外文，对爱因斯坦很有研究，恳求人民出版社能出版他翻译爱因斯坦的书，让他挣点稿费维持生活。这封信显然是许良英授意这位生产队长写的。许良英当初划为"右派"后，本来分配他去东北劳动改造，而他以腰有病为由，坚决要求回老家劳动改造，看来这个决策是对的，因为他不仅获得了做学问的空间和时间，也获得家乡人的同情。

岳父一看到这封信，就知道这就是当年诬陷岳母的许良英。看完信后，他感慨万分，此时岳母也正好在北京，他把信也拿给岳母看了。那天晚上他们两人都没睡好，心情很复杂。岳父岳母是世界上那种最善良、最富同情心的人，他们想不到许良英如今到了这样悲惨的境地。他们开始同情许良英了，并不因许良英曾经把岳母几乎置于死地而对这封信置之不理（不然把信随手扔到纸篓里就完了）。因人民出版社不出版爱因斯坦的书，世界名著都统一归商务印书馆组织出版，所以岳父就专门写了一个推荐意见，说明他知道许良英原在中国科学院工作，是位有真才实学的学者，现在落到这般惨境，建议他们考虑设法帮许良英一把，组织他翻译，并将推荐意见连同这封信，一起转给商务印书馆的一位和岳父很熟悉的领导。这是岳父岳母在经历了那么多磨难之后，痛定思痛，出于正义善良之心，对几乎处于生活绝境的许良英所做的一件以德报怨之事。

后来商务印书馆和许良英联系上，并组织他翻译爱因斯坦文集，甚至还在"文革"高潮期间，为了让他译书方便，将这样一个正在劳动改造的"右派"特意调到北京，供他吃住，让他安心译书。此外，每月还给他 50 元钱，让他寄给生产队，作为补偿他在农村劳动的工分，这样许良英才有可能全身心投入翻译工作，把这套《爱因斯坦文集》全部译出来。1979 年，《爱因斯坦文集》三卷本最终在商务印书馆出版了，从此许良英被冠以"爱因斯坦的中国传人"。

第二十一章

> 岳母将埋藏在心灵深处的冤屈全盘托出后，我发现她的心境较前好多了，她已很少发脾气，虽然还常常忘事，但脸上时时露出灿烂的笑容，因为她的"心结"已经被解开，她对生活又重新品尝出滋味。

1979 年对许良英来说绝对是个好年头，他的人生出现了重要的转折。首先，他翻译的《爱因斯坦文集》三卷本最终出齐。这套开始由许良英在浙江农村"点着煤油灯"，"每天工作十四个小时以上"翻译，后来又在商务印书馆帮助下逐步完成的书稿，成为当时世界上收录得最全的爱因斯坦文集。从这套"科学启蒙读物"的翻译出版艰难过程看，许良英是值得尊敬的。

时任中共中央总书记的胡耀邦看了这套书后说："很多内容我没看懂，但看懂的那些，对我启发很大。"许良英的学生、清华大学教授刘兵认为，把许良英说成"爱因斯坦传人"可能不准确，但他确实是"爱因斯坦在中国最重要的传播者和研究者"。

同年，他的"右派"身份获得改正，重回中科院，从事科学史研究，主编了《20 世纪科学技术简史》。北大著名教授金克木称此书为"题为简史，实是大书"。1980 年中共中央书记处组织"科学技术知识讲座"，许良英做了第一讲《科学技术发展的简况》。

1979 年对岳母来说也是个好年头，她再次向党组织申诉。在党的实事求是的路线重新确立之后，岳母的申诉书送到了中组部，中组部干审局的一位负责同志看后，感慨地说了句："应该是功臣啊！把这样的一位同志开除出党，太没有道理了！"他要岳母的工作单位人民出版社把李真的有关材料和复查报告立即送中组部。这就是当年胡耀邦领导的中组部平反冤假错案的工作作风。

人民出版社党委遵照中组部的意见，查清了李真（原名李雅卿）有关问题的全部事实，写出了复查报告，并报国家出版局党委讨论同意，送到了中组部，经中组部批示，为李真平反昭雪。1980 年年初，党组织正式向李真本人宣布：撤销中国人民大学党委的错误决定，恢复她 1949 年在浙江慈溪县委发展她重新入党的党籍。这样岳母才终于结束了整整 28 年的噩梦，从年纪轻轻的 24 岁因为许良英的举报揭发蒙冤，一直到了 52 岁时才终于回到党组织的怀抱。

然而，在岳母被平反昭雪 26 年后的 2006 年春天，许良英的又一件事让岳父岳母既愤懑又感到不可思议。许良英为浙大校刊写了一篇文章，文中回忆了解放前在浙大地下党的事情，其中又出现"当时李雅卿被捕入狱自首叛变"等等的内容和字样，浙大校刊的编辑感觉事关重大，立即联系岳母询问详情。岳父岳母得知此事，气得不得了，岳母愤怒之下，很快写了一篇澄清事实的上万字文章，要求和许良英的文章同时在浙大校刊上发表，与他展开辩论。后来的结果是，校刊编辑就这件事与许良英进行了商洽，让他看过了岳母的文章，使得许良英在文章发表前不得不修改了那段文字。

我在网上查到了许良英的这篇文章，题为《浙大地下党及其有关情况》，2006 年载于浙江大学校刊，后来此文收编于 2008 年

9月中国青年出版社出版的《黎明前的求是儿女》一书中。文中有关描述岳母被捕是这样写的：9月29日又一个党员被捕，她是刚入党的，因她被捕，我们不得不撤退与她有关的所有党员（共6人）和 Y·F。她被判了5年刑（实为两年半——作者注）。

这件事发生后，岳父岳母才意识到，许良英虽然吃足了苦头，但他没有对曾经在政治上伤害过岳母的行为有任何反思，更没有内疚和良心的谴责。何况已经是21世纪了，大家又都在北京，许良英也知道岳父岳母在人民出版社工作，对于这么严肃的大事，这位冠以"求真相做真人"的许先生，为何不做调查？为何不去了解他强加在岳母身上的"叛徒"恶名有无平反？怎可一如既往地主观专断、重蹈以前的错误呢？显然，许良英对岳母的第二次伤害，在他看来是无所谓的，然而对岳母的心灵深处却造成了更大的精神创伤。

岳母是个性格刚烈、智商很高、作风硬朗、能力超强的人。当年在中央党校，二十多岁的她，作为苏联哲学专家的翻译，在几百人的哲学大课上，她的翻译水准无人能及。原新闻出版署署长杜导正（他当时是中央党校新闻班的学员）现在回忆起来还赞不绝口，但由于政治问题，几十年扭曲、压抑、屈辱的生活，让岳母心底里积累了太多的委屈和不甘。离休后，尽管夫妻恩爱，儿女孝顺，生活安逸，但岳母始终找不到欢度晚年的感觉。

这件本来已经淡忘的事情，因为许良英的老调重弹，对岳母造成了新的恶性刺激，成为她心中一个越来越大的不解心结，使体弱多病的岳母精神状况越来越差，每天除了睡觉，只要醒来，就会不停说话。她开始出现阿尔兹海默氏症，并且由轻到重，眼前的事情常常忘记，而发生在过去的事情，特别是那些令人不快的事情却历历在目，她会反复诉说，而"许良英"这个名字是她经常提到的。很多次，凌晨三四点钟，她会从梦中坐起来大哭，怎么劝都止不住。

作为医生，我发现许多人在青年和壮年时代是刚强的，能够扛住一般人心理无法承受的压力和屈辱，但到了晚年，他们变得脆弱，变得敏感，他们很难仅仅依靠自己的心理调节能力，来排解和承受重新加在自己身上不公正的冤屈了，而那冤屈曾经压抑在岳母的心灵深处整整 28 年，本来经过平反已经淡忘，而 26 年后许良英的再次提起，令岳母心理无法承受。

我读到了岳母在 2006 年为反驳许良英所写的文章，文章竟写了上万字，足见当时她对许良英的那段话多么在意！以至我今天写这本书时，这篇万言书成为了我很好的原始资料。

许良英 2006 年的撰文，不顾中组部早在 1980 年已对岳母"叛徒"平反和恢复党籍的结论，在他的文章中又出现"当时李雅卿被捕入狱自首叛变"的字句，使得岳母的心灵再次受到严重伤害，因为她不能理解被称为"中国知识分子良心"的许良英是否真有良心，在他最困难的时候，岳母和岳父能够不计前嫌，真诚地帮助他，如今他却恩将仇报，使岳父岳母的内心很受伤。在岳母反驳许良英上万言的文章中，曾回忆此事对上一辈的外公外婆也造成过不能磨灭的心灵创伤：

关于我的父母，我想说几句，他们是普通的老百姓，但在我的心目中是特别善良和高尚的人。我 1952 年被开除党籍后，为了不让他们伤心，就一直瞒着他们。每个月给他们的生活费照常寄，隔一段时间就从北京回杭州去探望他们，他们也一直没有看出破绽。然而"文化大革命"一开始，我这个"叛徒"就成了专政对象，在单位里被强制劳动。

我恢复党籍后，政治环境变好了，我就把父母接来北京同住，认为可以好好地侍奉他们了。1983 年 8 月 3 日，我的老父去世，享年 90 岁。后来有一天，我的老母亲忽然对我说："'文化大革命'时，外孙女小萍从北京串连回来告诉我们，说你是叛徒，在劳改。你阿爹难过极了，见到'造反派'在街上斗女叛徒，就想起你，心神不宁，唉声叹气，茶饭不思，躺在床上发烧，不断喊着你的名字！"我听了这些话，真不知该用什么样的词句来形容我当时的复杂但却是悲痛的心情。两年后，在我老父亲去世的同月同日即 1985 年的 8 月 3 日深夜，我老母亲无疾而终，正好也是 90 岁。

岳母现在已步入高龄，这些使她失去尊严的记忆在脑海中总是挥之不去，许良英给岳母的屈辱成了她心中永远的痛。本以为岳母淡忘了，放下了。然而在日常的生活中，我们发现虽然岳母好多事情都忘记了，甚至把许多事情记混了，搞颠倒了，但唯有许良英，她记得清清楚楚。多少次，她喃喃地反复诉说：那时我一个年轻女孩子，党籍没了，委屈得要死，去找许良英申诉，他们不让进，话也不许我讲，样子凶得不得了，还拿个东西"啪"的朝我丢过来，拼命要我滚！滚！滚！……岳母每次的喃喃自语，听之令人心酸，让人落泪。

岳母晚年的心结越来越重，埋藏在心灵深处的纠结才是她患阿尔兹海默氏症的真正始因。而在写这本书之前，我对许良英迫害岳母之事是全然不知的，总觉得她内心深处隐藏着不为人知的苦楚。这苦楚积久了便成为她的不解心结，心结随着岳母阿尔兹海默氏症的加重，变得愈来愈难解开了，于是岳母就以发脾气的形式不断表现出来，而首当其冲受到伤害的便是与她朝夕相处的岳父。岳父有严重的前列腺增生症，日积月累，终于有一天转变成了前列腺癌，这就回到了本书前面所写的内容。

许多事情都是被迫而为之，到了实在没有办法的时候，夫人和我商量，感到"心病还需用心药来治"，既然岳母的心病全因许良英起，她决定写一封信给许良英，把事情的真相全部告诉他，希望他反思，希望他能有良心的发现，并且最后能给岳母道歉，或许这才是医治岳母心病最好的心药。

夫人是 50 后，是岳母的子女中受到此事牵连最多的一个。"文革"期间，她在黑龙江生产建设兵团一共待了十年，因母亲是"叛徒"，政审不合格，失去两次上大学的机会；后来外交部来兵团招收工作人员，她被选中，最后都因母亲的问题被否决。在全家的坎坷与磨难中，许良英也是她心中挥之不去的阴霾。

为了医治岳母的心病，她终于代表全家的子女开始写这封信，写这样的信是会心痛的，因为常常会勾起痛苦的回忆，但她还是伴着泪水写完了这封信，当她把这封长达七千字的信用快递寄给许良英后，深深地吁了一口气，她感到做了一件大事，了却了积压在母亲和她心中几十年的怨恨，因为她把事情的原原本本都告诉了许良英，其中包括父母曾在他最困难的时候怎样暗中帮助过他，让他知道父母是怎样做人，而当年他又是怎么对待一位只有二十出头的女校友。28 年后，中组部对妈妈的平反结论已经完全证明了许良英的错误，那么到了老年，在对妈妈伤害 60 多年后的今天，这位后来被人称为"中国知识分子良心"的许良英，是否会有良心的发现而给她妈妈做一次诚恳的道歉呢？

信发出二十余天后，没有任何音信，然而夫人似乎早有所料，因为她在信中最后是这样写的：

许良英先生，只要你真心感到愧疚，是可以用很多方式表达歉意和悔恨的，这是我们做子女的强烈要求，也是我们写信的诉求和目的。当然，许先生你可以不理不睬、无动于衷，甚或不屑一顾、嗤之以鼻；这也算是另一种结局吧。

但夫人依然想确认一下许良英的真实态度，于是她用电子邮件和许良英的大儿子许成钢进行沟通。她非常委婉地问道：

我们都懂，诚恳致歉也好，置之不理也罢，相对于我们妈妈28年的屈辱与磨难，并没有一丝一毫的补救，但态度问题重如天。正因如此，不管许良英先生持怎样的态度，我们都需要向你确认一下。其实，这件事本应直面许良英先生的，但考虑他年事已高，不好意思只能牵累你啦。

很快，夫人收到了回复，得知：

家父在近日过马路时摔倒受伤，被紧急送医院救治，头部缝了数针，胳膊也受伤。92岁高龄出此事故，万幸没有骨折，没有失去知觉。同时，家母也发生严重病患，突然丧失说话能力。301医院怀疑是她的鼻腔癌扩散至喉头。二老同时出现严重情况，全家极其紧张。极少有可能讨论他们身体之外的事宜。我们没有机会谈细节，但原则上，他的认识同我上封给您的信的理解一致。他说计划在他身体好些后，打电话给你们。我希望你们能体谅老人的病痛，耐心等他恢复。

夫人立刻回复了信件，她是这样写的：

得知你家中的近况，很能理解你目前的心情与处境，也能体谅你的紧张和疲累；都是做儿女的，一切当以二老的安危与健康为重。我会把情况及时与家人沟通，他们肯定会谅解的。真心希望你的父母都能闯过这一关，平安康复。

中国老一代的知识分子是伟大的，同时也是悲哀的，他们不仅在非常压抑的环境下苦苦挣扎着，同时依然恪守着各自的理想，在自己研究的领域孜孜不倦地耕耘着。在一个极不正常的背景下，知识分子之间也会发生伤害对方的事情，这有客观的原因，也有主观的原因。作为他们下一代的知识分子，我们多么希望通过自己的努力，将事实的真相告知对方，让其对历史有重新的认识，对自己的主要错误有所反省，然后做出诚恳的道歉。尽管这个道歉是迟到的道歉，但依然能抚平曾经留在对方心灵深处的伤痕。

然而令人意想不到的是，在三个月内，许良英和他的夫人王来棣先后逝世。王来棣患有鼻咽癌已四年，这些年她和许良英一直致力于启蒙性的学术著作《民主的历史与理论》的研究和写作，现已成稿19万字，可惜因为她癌症的复发而中断。她的癌症转移至喉头，先是发不出声，以后出现呼吸困难、窒息，她在2012年的最后一天病故。

同一天，许良英住进了海淀医院重症监护室，在此之前他因摔跤导致脑溢血，而此时加上肺部感染，更是雪上加霜。西医治疗老人肺炎的方法只知用抗菌素，在我的著作《有毒抗癌与无毒抗癌——我的医学思考》中的"为何老人肺炎死亡率如此之高"的章节中曾有过论述，在中医看来老人肺炎多为"肺寒证"，一味用抗菌素的结果必然导致菌群紊乱，许良英最后因心肾衰竭而不治，在王来棣走后的第四周，他追随夫人一起离开了人间。

本来我们期待着许良英身体康复后，能对他在60多年前做的这件事情有个说法，有个了结，虽然他的儿子曾转达许良英身前表示要打电话过来，但这毕竟不是出自许良英之口，因此，许良英对这件事的实际看法我们仍是琢磨不透，感到他的态度是含糊不清的，或许对我们来说永远是个谜。因为要对一件亲身经历过的事情做出表态，无需三个月的时间，本可在一天内就能完成，如果他感到打电话不好说，他可以写一封信表明自己的态度。可是他没有做，或者不愿意做，而"计划在他身体好些后，打电话给你们"也许是一句推诿的话，也许他实在感到给他人及子女造成了一辈子伤害，不是一个电话或一封信所能应付和弥补的。

在许良英逝世的第二天，我在《新京报》上看到了对他病逝的报道和大块的悼念文章，报纸上醒目的标题分明写着：许良英先生：说真话求真相做真人。此时我已经开始了这本书的写作，我觉得他实在不配，至少他在对待岳母这件事上完全违背了这一戴在他头上的光环。文中说："他在竺可桢时代的浙大校园前后学习、工作、生活十一年，深受'求是'学风的熏陶，奠定了严谨、踏实、敢言的人生底色。"可是许良英在对待岳母这件事上恰恰违背了浙大"求是"的校训，当年岳母坐牢时，竺可桢校长亲自探监、家访，判刑后又写亲笔信，鼓励只有 21 岁的岳母，而许良英又做了些什么呢？对他领导下的一位年轻的新党员被捕入狱不闻不问，解放后不对与岳母一起坐牢、打游击的地下党负责人进行调查了解，便轻易向她的学校写举报信。我实在看不出他有半点"求是"的精神。报纸上说："在他身上还体现了深刻的反省精神。"但是我们的信寄给他后，他和夫人、儿子都读到这封信，他更该反复读过、思考过，虽然他的儿子曾表达了某种程度的歉意，但我们始终没有看到许良英有任何"深刻的反省"。

随着许良英的离去，对岳母来说，是否得到许良英的诚恳道歉已经变得不重要了。岳母对我说过，许良英这个人是很骄傲的，真要让他当面给我道歉是很难的，他的面子是下不来的，而我们的信已经把事情说得很清楚了，许良英应该有良心的发现，但他感到事情很难处理，或许他的离去，对他来说是事情处理的最好结局。

在这一两年中发生了太多的事情，我们先努力帮助岳父战胜顽疾，将二老安置在老人公寓，为了缓解岳母日益严重的阿尔兹海默氏症，我开始帮助岳母回忆她的一生，在写作中发现了深埋岳母心灵深处的冤屈和苦痛。夫人将这冤案的前前后后写成一封长长的信，寄给了冤案的制造者许良英，虽然随着许良英和他夫人王来棣的离世，使这件事变得没有结果。但隐藏在岳母心灵深处的怨恨还是终究得到了伸张，至少在许良英离世之前，让他知道了事情的全部真相，而我只是本着"求是"的精神，考察和收集了许多原始资料，采访了当事人，我只求写出事情的真伪，还那段历史的本来面目。

当岳母将埋藏在心灵深处的冤屈全盘托出后，我发现她的心境较前好多了，她已很少发脾气，虽然还常常忘事，但脸上时时露出灿烂的笑容，因为她的"心结"已经被解开，她对生活又重新品尝出滋味。岳父岳母二人现在依然住在老人公寓，虽然他们还要继续和各自的疾病作斗争，但他们深深感到了晚年的幸福，忧愁和郁闷已从他们心中驱散，他们的生活充满了快乐。我们全家三代人在2013 年 2 月为二老的"钻石婚"举办了一个温馨的晚宴，由衷庆祝岳父岳母相濡以沫地度过了他们跌宕起伏的六十周年。

"钻石婚"的张惠卿、李真（摄于 2013 年 2 月）

尾声

当人类医学对阿尔兹海默氏症尚无突破时，我们不妨试用中医、食疗、身体锻炼和心理治疗。我以自己的体验写下这本书，我要说的最后一句话，便是这本书的题目，那就是请天下的儿女们共同走进老人心灵的深处。

这本书终于写到了尾声，或许读者们会把此书看作是我写岳父岳母的传记。诚然，我的确写了他们的过去和现在，特别是岳母，我几乎是从她11岁赤着脚带着弟弟和妹妹投奔保育院开始写的，我写了她一生中的许多亮点，其中不乏生动而传奇的故事。然而我感到她最为在意，或者说最触动她心灵深处的是因为我写了她的冤屈，而这恰恰是她患阿尔兹海默氏症的起因和最大的心结。我把她的冤屈写得明明白白，同时也为她做了最彻底的伸张，自然也就把她的心结完全解开了，我认为这应该是最好的心理疏导，自然也该是一次成功的心理治疗。因此我宁愿把这本书（至少同时把这本书）看作是一本心理治疗的手记。因为在几个月和岳母的交谈和沟通中，我分明看到她患阿尔兹海默氏症的症状在逐渐减轻，她的脾气慢慢好起来，越来越多的笑容出现在她的脸上，她和家人也处得越来越和谐。

我和岳母有了十多次面对面的交谈，这实际上是在进行心理的沟通与交流，我们的关系较前融洽了许多，她开始相信我了，也接受了我的中医治疗，而且非常配合和认真地喝着中药，我感到补肾活血的中药对改善阿尔兹海默氏症有一定作用。她和岳父竟然暂时离开老人公寓，一起到上海住了半年，回到北京后，我们带着女儿去看二老，岳母与外孙女竟然眉飞色舞地畅谈了近两个小时，时而传出她唱老歌的歌声，时而听她发表富有哲理的高谈阔论，以至我的女儿好几次都十分吃惊，因为她有些不敢相信外婆的头脑现在怎么变得这样清晰，状态这样好，心情如此快乐。

作为中医，我看到岳母的面色较前红润了许多。吃罢晚饭，我看到她主动做家务劳动，把全家的碗筷洗得干干净净。然而最为重要的是，她的脸上已找不到忧郁和冷漠，取而代之的则是时时面带微笑。尽管她依然爱忘事，并且会把时间、地点、方向搞得让人啼笑皆非，但她已不大爱发脾气了，变得与人为善，并且心中常常荡漾着快乐。由此，我更加坚信自己摸索出来医治老年阿尔兹海默氏症的心理疗法是有效的，最好的心理疏导莫过于亲近他们，和他们聊天，设法与他们进行心理沟通。如果是他们的子女或家人，我由衷地建议，可与老人一起回忆他们一生中的经历和往事，以及一生中的经验教训和生活感悟，并把这些有意义的事情整理成文字，配上他们不同年代的照片，如果有冤屈也一定要用文字写出来，并且为他们伸张正义。这样与老人一起写成的书，无论是正式出版还是自行出书，对整个家庭都是十分有价值的，如果传下去，应当胜过家产，同时回忆和写作的过程也是预防和医治老年阿尔兹海默氏症的"良方妙药"。

中国正在步入老龄社会，全国约有 2 亿老人，而阿尔兹海默氏症在老人中发病率逐年增高。据中国阿尔兹海默氏病协会调查结果显示，在中国 65 岁以上的老人患病率高达 6.6%，年龄每增加 5 岁，患病率增长一倍，而 85 岁以上的老人中约有 1/3 阿尔兹海默氏症的患者。因此估计全国阿尔兹海默氏症的患病人数应该会接近千万。

阿尔兹海默氏症长期以来不为中国老百姓所认识，由于这种病是潜隐性、渐进发展的，易被人忽视。1907年，德国医生阿罗伊斯-阿尔兹海默发现了这种病，并首先对其进行描述。从病理上说，只有当阿尔兹海默病患者死亡之后才能诊断出此病，因为只有尸检后才能在阿尔兹海默病患者的大脑中发现衰老的色斑（蜡状沉淀物，学名为淀粉状蛋白）。它们通常位于靠近大脑中被认为是控制记忆和更高认知过程（例如自我感知，解决问题和推理能力）的区域。

阿尔兹海默氏症的发病是渐进性的，衰退性的。虽然这种病在任何年龄都能出现，但是通常在60～70岁之间发病。西医认为，阿尔兹海默氏症潜隐起病，病程缓慢且不可逆，临床上以智能损害为主，多有同病家族史。目前西医治疗该病仅限于疗效欠佳的对症治疗，世界最大的几家制药公司辉瑞、强生、礼来虽然都在花费巨资研究阿尔兹海默氏症的药物，但只可惜最近传来的消息，它们已进入三期试验的药物均告失败。

传统的西医认为，阿尔兹海默氏症发病后是不可逆的，是进行性病程，无缓解，由发病至死亡平均病程约8～10年。但现代医学正在致力于通过抑制阿尔兹海默氏症特异基因以及进行疫苗、细胞移植、干细胞疗法的研究，试图寻找出治疗阿尔兹海默氏症的特效方法，如果获得成功，那么阿尔兹海默氏症就有可能出现可逆而变得容易治疗。然而当人类医学对阿尔兹海默氏症尚无突破时，我们不妨试用中医、食疗、身体锻炼和心理治疗。

中医认为，脑髓空虚是阿尔兹海默氏症的基本病理变化，肾气肾精亏虚是其基本病机。肾虚是阿尔兹海默氏症发病的本源，痰凝血瘀则是发病后的产物。所以中医治疗阿尔兹海默氏症是以肾虚为本，痰凝血瘀为标，治疗的基本原则是益气活血、补肾开智、化痰祛瘀。我常用的中药为：炙黄芪、当归、赤芍、川芎、地龙、熟地、山茱萸、益智仁、肉苁蓉、菟丝子、法半夏、胆南星、丹参、菖蒲、郁金等。

我曾在自己的著作《阴阳食物养生疗病》一书中，对阿尔兹海默氏症的食疗有过论述，首先调理阿尔兹海默氏症可选用如下食物：

糯米、紫米、黑豆、核桃仁、板栗、莲子、花生、榛子、葵花子、榧子、松子、西瓜子、南瓜子、黑芝麻、白芝麻、百合、山药、红薯、白薯、杨梅、樱桃、荔枝、椰汁、柠檬、桑葚、桂圆、枣、葡萄、甜橙、香菇、蘑菇、菠萝、菱、草莓、芒果、香蕉、猕猴桃、胡萝卜、香菇、蘑菇、牛皮菜、金针菜、白萝卜、葫芦、黑木耳、茄子、西红柿、羊乳、牛乳、鹌鹑蛋、鸡蛋、鸽蛋、鸭肉、鹅肉、猪腰、韭菜子、茴香、洋葱、芋头、魔芋、马铃薯、鲫鱼、带鱼、草鱼、鲤鱼、武昌鱼、青鱼、鳜鱼、牡蛎肉、海蜇、干贝、海参、海带、鹿角菜、发菜、葡萄酒、红茶、普洱茶、咖啡、鱼油、蜂蜜、蜂王浆、燕窝。

在书中，我还为患阿尔兹海默氏症的病人拟定了几个食疗方，读者可在生活中试用，因为用食物搭配来改善阿尔兹海默氏症十分安全，而且容易操作。

1. 菊花决明山楂饮：

菊花 3 克，草决明 15 克，生山楂 15 克，代茶饮。

2. 健脑益智粥：

何首乌、女贞子、墨旱莲、桑葚、杜仲各 15 克，粳米 60 克。先将中药水煎 2 次，去渣取汁，再入米煮粥。

3. 苹果大枣糯米粥：

苹果 250 克，大枣 15 枚，糯米 100 克，红糖 30 克。苹果、大枣先煎 2 次取汁，再与糯米煮粥，最后放入红糖。

4. 桂圆莲子粥：

桂圆 15 克，莲子 15 克，红枣 10 枚，糯米 50 克，红糖适量，共煮粥食之。

5. 枸杞烧黄鱼：

黄鱼 1 条约 750 克，枸杞 20 克，冬笋 50 克，冬菇 10 克，调料适量，共煮食之。

6. 花生大枣汤：

花生 60 克，大枣 20 克，共煮熟，吃花生、大枣，喝汤。

7. 鱼头豆腐：

鲤鱼头 1 个，豆腐 150 克，调料适量。共煮食之。

8. 海参粥：

水发海参 100 克，糯米 100 克，煮粥食用。

9. 甲鱼健脑汤：

甲鱼 1 只，枸杞 30 克，山药 30 克，女贞子 15 克，熟地 15 克，调料适量，置沙锅内共炖，吃肉喝汤。

此外，每日在适当的时间（不选择晚上），喝一杯红酒或咖啡、绿茶，对缓解和预防阿尔兹海默氏症是十分有益的。

除了中药和食疗，适当的体育锻炼也可以防治阿尔兹海默氏症，因为阿尔兹海默氏症除了出现智力障碍外，也会出现身体障碍，例如身体平衡协调能力和灵活性下降，肌力下降。国外的一项研究甚至认为，阿尔兹海默氏症的首发症状可能先是躯体障碍，然后才是智能减退。如果认为阿尔兹海默氏症最早的临床症状为轻度认知功能障碍，这一观点可能是错误的。华盛顿大学的拉森研究团队发现，步态缓慢、身体平衡差、握力弱和从坐位时起立所需要的时间长者，发展为阿尔兹海默氏症较常见。以前相关的研究就曾报道，每周运动 3 次以上比运动较少者患阿尔兹海默氏症的比率降低 1/3。

我的父亲在临终的几年患有严重的阿尔兹海默氏症，而这种病多有同病家族史，所以一过六十岁，我便非常注意对阿尔兹海默氏症的预防，我发现阿尔兹海默氏症最早出现的躯体障碍，如步态缓慢、身体平衡差、握力弱及从坐位时起立所需要的时间长等，我几乎都沾边，为了预防阿尔兹海默氏症的提前到来，我行之有效的方法便是每周坚持打三次乒乓球，而且我采用双拍打球，现在将这种方法介绍给读者。

　　大概是出于中医的阴阳平衡理论，我在五六年前就试用手持双拍打乒乓球，并且一直坚持到今天。我左手持正胶或生胶直拍，右手握横拍，一面反贴，一面长胶，以一位怪球手的姿态出现在球场上。双拍打乒乓球给我带来的益处不仅是健身，而且也健脑。自己感觉脑瓜变得较前好使多了，例如以前几年写一本书，现在忙里偷闲，一年出一本书不感到费力。

　　说到双拍打乒乓球的好处，一位专业的体育人士对双拍的健身价值有过科学的分析。他认为双拍打法是更全面的体育锻炼，可促进大脑左右半球平衡发展。科学家普遍认为，人脑的左半球担负逻辑思维，右半球富于创造和想象思维。右手持拍打球，可促进大脑左半球的功能，可以提高人的逻辑思维能力；而左手持拍打球则可促进大脑右半球的功能，可提高人的形象思维，增加人的艺术细胞，使人更富有创造和想象力。

　　乒乓球本来是一项很好的体育运动，但由于只练身体的一侧，久而久之，会引起身体的不平衡，甚至出现身体的畸形，例如一只胳臂粗，一只胳臂细，身体的一侧很容易出现腰肌劳损等，同时使人的大脑发展不平衡。然而双拍打乒乓球却是一项全身的平衡运动，特别适合作为群众性体育运动推广，尤其适合在老人中推广，因为单手拿拍，需要步伐灵活，左右跑动，这对于老人来说很难做到，我就因为救球，曾多次摔倒受伤。而双拍打法则非常安全，你只要双腿往中间一站，伸出双拍，左、右、中路的球都可打到。由于打球时身体的重心总需要不断变换，所以双拍打法不仅锻炼了身体的各个部分，也锻炼了身体的协调性和左右大脑的支配力，每次打完球，我总感到全身的各个部位都活动开了，自觉身体舒服、心情愉快。

2013年我获得单位乒乓球冠军

当然要预防阿尔兹海默氏症，不一定必须学打乒乓球，我想生活中如果尽可能地用自己的左手，同样也能达到健脑的作用。诺贝尔文学奖获得者莫言才思敏捷、精力充沛，写书常常一气呵成，他曾用几十天的时间写出一部脍炙人口的小说。其实他也是平常人，只是酷爱文学写作，一直持之以恒，但我后来发现了一个秘密，就是他一直坚持用左手书写大字，并且俨然已经成为书法家。然而正是莫言有意用左手写字的习惯，最终帮助他成为一位伟大的文学家。2012 年 10 月 11 日瑞典学院把该年度诺贝尔文学奖授予了中国作家莫言，诺贝尔文学奖委员会主席瓦斯特伯格在授奖词中称道："莫言有着无以伦比的想象力。"我认为莫言的这种超人的想象力，正是他不断用左手习练书法然后通过右脑激发出来的，而这同时也能预防阿尔兹海默氏症在他的后半生过早发生。中医讲究阴阳平衡，所以我倡导生活中要双手并用。

此外，还有一些老百姓中流传的方法也值得推广，比如经常做手指动作锻炼头脑，以及平时多做十指指尖的细致活动，如手工艺、雕刻、制图、剪纸、打字，以及用手指弹奏乐器等，还可使用手指旋转钢球或胡桃，或用双手伸展握拳运动等，都能使大脑血液流动面扩大，促进血液循环，有效"按摩"大脑，从而激发大脑功能，预防阿尔兹海默氏症。

阿尔兹海默氏症患者可出现行为改变和精神异常，如幻觉、错觉、淡漠、抑郁、易激惹。他们的情绪表现不稳，行为较前显得异常，例如情绪变得喜怒无常，大起大落。他们的性格也会出现转变，有些老人会变得多疑、淡漠、焦虑或粗暴等。还有的病人失去做事的主动性，每天呆坐着，人逐渐变懒，甚至对以前的爱好也失去兴趣，也有的在精神方面出现并发症，如抑郁、焦虑与偏执狂反应等。既然阿尔兹海默氏症在精神和心理方面出现异常，那么我们也可尝试接受心理治疗。我国目前的心理治疗主要分两个派别，精神分析取向心理治疗和认知行为心理治疗，每小时的心理咨询和精神疏导费大约为三百至八百元。

精神分析取向心理治疗主要针对患者的无意识心理过程进行分析，探讨这些无意识因素是如何影响病人目前的关系、行为模式和心理状态的。通过对来访者生活历史的探索，探讨他们是如何经历既往的人生而发展变化，以便最终帮助他们更好地适应当前的生活。这个由心理学鼻祖弗洛伊德1895年创造的学派，主要采用自由联想的方法，使病人和精神分析师进行心灵的沟通，帮助病人找到某些无意识的因素，因为其可能是造成他们痛苦与不幸的根源，这些痛苦可能表现为周围人所看到的症状，也可以表现为困扰自己的人格缺陷，或者表现为人际和亲属关系上的不和谐，以及情绪不稳和自尊受损。获得洞见与自我的了解被视为精神分析理论及精神动力取向治疗的终极目标。精神分析注重用诠释来消除冲突，使患者最终在新的关系中可以应对生活。

诠释就是让先前在无意识里面的事物浮现在意识层面。诠释是一种解释性的说明，将患者的感受、想法和行为，与某种无意识或根源联系起来。诠释的重点往往在移情，移情是病人无意识阻抗的一种特殊形式。治疗者通过移情可以了解到病人对其亲人或他人的情绪反应，引导病人讲出痛苦的经历，揭示移情的意义，使移情成为治疗的推动力。诠释往往被阻抗所干扰，需要治疗师不断重复诠释，这种反复诠释移情及阻抗最后使得患者洞见深植于患者意识层面。治疗的良好疗效，是患者通过移情来重新体验这些核心的关系模式，并在当下的治疗关系中获得新的关系体验。

认知行为治疗不仅是针对病人行为、情绪的外在表现，也是分析他们的思维活动和应对策略，找出错误的认知，然后加以纠正。不同的心理障碍有不同内容的认知歪曲，例如抑郁症大多对自己、对现实和将来都持消极态度并抱有偏见，认为自己是失败者，将来毫无希望。焦虑症则对现实中的威胁持有偏见，过分夸大事情的后果，面对问题只强调不利因素，而忽视有利因素。认知行为治疗可以用于治疗许多疾病和心理障碍，如抑郁症、焦虑症、神经性厌食症、性功能障碍、药物依赖、恐怖症等。其中最主要的是治疗情绪抑郁的病人，尤其对于单相抑郁症的成年病人来说是一种有效的短期治疗方法。

认知行为治疗需要在行动中识别不合理认知，在行动中替代不合理认知，在行动中改变核心信念，所以行动很重要。不合理的认知是经年累月形成的，要改变它们也需要不断的实践。所以认知行为治疗不是单纯的改变认知，而是在行动中体会和修正认知。所以治疗师常常会布置家庭作业，作业一般包括个人资料的收集、验证、假设，以及认知治疗技术的练习等。

岳母应该属于中度阿尔兹海默氏症，如果到了重度，失去了正常的思维能力，心理治疗也就不会有任何效果。假如我们带着岳母到正规的心理医院接受心理治疗会是怎样的结果呢？我想心理医生会帮助岳母回忆她的历史，甚至帮助她找到一生中的冤屈和痛苦，然后帮助她采取一个正确的或者是超脱的认知态度，纠正她过于狭小不能自拔的认知态度，也就是说要想开些，这或许多少能缓解她的怨气和怒火，使她的情绪稍稍平稳，但是她的心境不会有根本上的改变，因为她依然不会很快乐，因为她的心结没有被彻底解开。

当代心理学现在已经发生了巨大的变化，即从消极心理学转变为积极心理学。传统的消极心理学忽视人积极心理品质的研究，而积极心理学则主张心理学应该转换为研究人类的优点。美国心理学家马丁·塞利格曼被称为积极心理学之父，他的代表著作《真实的幸福》和《活出最乐观的自己》，在全球销售了几百万册。他认为，不仅应着眼于心理疾病的矫正，更应该研究与培养人的积极品质，研究人的光明一面，研究人的优点与价值，认为发展人性的优点比修复疾病更重要，所以他主张要发掘人格的潜能，培养和增加人的幸福感。而这种心理治疗模式同样适用于癌症病人。简单地说，就是要帮助他们寻找快乐，以此摒弃悲观、失望、担忧、焦虑和忧郁等消极的情绪。

我认为帮助老人回忆一生，把他们一生中的亮点都如实地写出来，对于患轻度和中度阿尔兹海默氏症的老人来说，应该是一种积极心理学的治疗，因为整个回忆和写作的过程中，老人是快乐和幸福的，甚至充满激情，从而感到恢复了自我尊严。当然，如果发现老人心中隐藏了冤屈，也一定要原原本本写出来，同时为他们伸张正义，即所谓的一吐为快，因为这同样会达到心理的另一治疗作用，可将他们心中的悲愤、忧郁、屈辱一扫而光。

中国正在逐步走入一个老龄社会，每个家庭都会面对老人，在一个崇尚孝道的国土上，不能只是满足让老人丰衣足食，在生活上过得舒适，或许让老人快乐更为重要。当老人们感到孤独的时候，当他们出现心结的时候，做儿女的应当怎样帮助他们排解心中的纠结和不快呢？我以自己的体验写下这本书，我要说的最后一句话，便是这本书的题目，那就是请天下的儿女们共同走进老人心灵的深处。